Plausch am Zaun

Plausch am Zaun

Alltägliche Schmunzelgeschichten

B. Koischwitz

Verlag B. Koischwitz
Am Hanig 15
35075 Gladenbach-Römershausen
Tel./Fax: 06462/2123

Illustrationen: Brigitte Koischwitz
Satz: pictura GmbH, Bad Endbach
Druck: Clausen & Bosse, Leck
ISBN 3-925602-12-7

Frühling

Sommer

Herbst

Winter

Frühling

Sonne scheint mir
tief ins Herz
Vögel singen
es ist März

Kalte Pracht...

Laut Kalender hätte dieses berühmte blaue Band durch die Lüfte flattern müssen, statt dessen klimperten kleine Schneeflocken auf meine frisch gepflanzten Stiefmütterchen nieder.

Aber Termine, besonders für eine Hochzeit, werden meist Monate vorher geplant und müssen, wenn sich die Braut nicht anders entschließt, eingehalten werden.

Und welch anderer Termin eignet sich besser für dieses liebliche Vorhaben, als der Frühlingsanfang.

So hüllte ich mich trotz Eiszapfen und leichtem Schneegrieseln in Chiffon, Samt und Seide!

Denn Nichte Susanne, die sonst in Jeans und klobigen Stiefeln ihr Leben fristet, hatte festliche Kleider angeordnet! Und wenn mir auch eine Gänsehaut nach der anderen den Rücken rauf und runter rieselte, so beschloß ich, auch als Tante diesbezüglich durchzuhalten.

Nach der Trauung in der „gruftkalten" Kirche strebte das Paar eilig dem Ausgang entgegen.

Entzückend wie eine Prinzessin sah die Braut aus. Gerührt rollten mir winzige Tränen die frostigen Bäckchen herab und Susannchens rot gefrorenes Näschen leuchtete weit in der weißen Wolke aus Tüll, in der sie den Gang entlangschwebte.

Zielstrebig, fast ein bißchen zu eilig, steuerte sie auf die geschlossene Kutsche zu, in der Hoffnung sich darin schützend aufzuwärmen.

Kein Wunder, denn eine frostige Brise umwedelte ihre nackten Schultern und ihr weites, noch pfirsichfarbenes Dekolleté.

Leider hatte sie Onkel Herberts Hartnäckigkeit unterschätzt, dieses einmalige Geschehen fotografisch festzuhalten.
So bestand er darauf, daß sie sich vor der Kutsche strahlend lächelnd präsentierte! „Mehr nach rechts", dirigierte er die frierende Schönheit. „Etwas fröhlicher bitte, schließlich bist du jetzt glücklich verheiratet!" forderte er ganz locker. Er schien eine Heizung unter seiner Jacke zu haben.
Susannchen griente breit und krampfig wie ein abgemaltes Honigkuchenpferd. Peter, der Bräutigam lächelte vorsichtshalber gleich mit, damit diese Prozedur schnellstens ein Ende fand. Onkel Herbert drückte ab.
„Ach du Sch...," bemerkte er plötzlich, „ich habe den Film vergessen!" Blitzartig griff er in die Hosentasche und ebenso fix versuchte er den Film einzulegen, doch dieser fiel ihm aus der Hand und kullerte unter die Kutsche.
Wie ein Pfeil schoß Onkel Herbert hinterher.
Das Pferdegespann scharrte ungeduldig mit den Hufen. Die gesamte Hochzeitsgesellschaft knirschte mit den Zähnen...
Freudestrahlend tauchte Onkel Herbert wieder unter der Kutsche auf. Schon zielte er erneut auf das inzwischen halb erfrorene Paar.
Scheinbar konnte er gar nicht genug kriegen.
„Nun stellt euch alle mal dazu," forderte er energisch den Rest der Teilnehmer auf.
Absolut widerwillig folgte man seinem Kommando:
„Herta, noch näher ran, sonst bist du nicht drauf!"
Herta war das piepegal, sie fühlte sich eh schon als Eisbombe und kurz vor dem Ausbruch. Tapfer kniff sie die blauen Lippen zusammen und rutschte ein Stück.
Onkel Herbert war begeistert: „Wunderbar, ich habe euch alle!" und drückte ab. Viel mehr konnte er nicht sagen,

denn fluchtartig verließ die frostige „Gesellschaft“ den ungastlichen Platz.
Vor Kälte am gesamten Körper bibbernd fand man sich beim Hochzeitsmahl wieder.
Mir war derart kalt, daß ich am liebsten meine Hände in die heiße Suppe gesteckt hätte, um mich aufzuwärmen!
Aber nach ein paar Löffeln Bouillon und besonders nach dem ersten Schluck Wein, waren alle wieder aufgetaut und somit mauserte sich dieser Tag noch zu einem fröhlichen Frühlingsanfang und einer gelungenen Hochzeit.

Die Rettung

Manchmal tritt man den Heimweg später an als vorgesehen. Deshalb kann es passieren, daß man in stockdunkler Nacht einsam durch tiefen Wald nach Hause fahren muß.
Alles kein Problem, im Auto ist es warm und trocken.
Bei schöner Musik läßt es sich sogar herrlich träumen.
„Love me tender...“ schmalzte der gute alte Elvis im Radio, als im gleißenden Licht meiner Scheinwerfer seltsame Gebilde auftauchten.
Gebilde: klein, hell leuchtend auf schwarzem Asphalt!
Fast täglich fuhr ich diesen sogenannten „Indianerschleichpfad“ quer durch den Wald, doch Derartiges hatte ich nie gesehen.
Kleine Knubbel lagen wie gesät kreuz und quer über die Straße verteilt.
Ich bremste! Gespannt stieg ich aus, um diese „Häufchen“

zu identifizieren! Schnell war mir klar, es handelte sich um liebestrunkene Frösche...

Bekanntlich macht Liebe blind, diese hüpften blindlings ihrem Ziel, dem Laichplatz, entgegen und legten ausgerechnet mitten auf der Fahrstraße ein Päuschen ein.

Mindestens fünfundzwanzig Frösche saßen und ruhten.

Bei näherem Hinsehen mußte ich allerdings mit Bedauern feststellen, daß ein Auto vor mir die Situation nicht erfaßt hatte. Denn genau im Verlauf der Reifenspuren hatte es bereits Tote gegeben. Ihre kleinen Leiber lagen auf dem Rücken, der kugelrunde weiße Bauch leuchtete weithin, und die winzigen gespreizten Füßchen ragten klagend in den Himmel!

Manche Körper waren total platt, nur noch Matsch.

Ich war entsetzt. Obwohl nirgends ein Auto zu sehen war, geriet ich in Panik. Auf jeden Fall wollte ich den Tod weiterer Frösche verhindern.

Aber wie?

Gewöhnlich trage ich weder Schippe noch Eimer mit mir herum. Und wie sehr mir auch das Leben der kleinen Kreaturen am Herzen lag, so wenig war mir danach, die glibberigen Tiere mit bloßer Hand zu greifen.

Verzweifelt kramte ich im Auto nach einem geeigneten Gegenstand. Außer Landkarte, Verbandkasten, Eiskratzer und Pannendreieck war nichts zu finden. Also raffte ich allen Mut zusammen und packte zu. So schlimm war es allerdings nicht, denn an ihre feuchte, leicht genoppte Haut gewöhnte man sich schnell. Nur zeigten sich einige so garnicht einverstanden damit, gerettet zu werden. Absolut heldenhaft wehrten sie sich und strampelten wild und kraftvoll mit ihren kleinen Beinen. Manche glitschten bei dem Gezappel mehrfach aus der Hand.

Tapfer sammelte ich sie wieder ein und setzte sie entschlossen auf die andere Seite des Weges.

Ich hatte im wahrsten Sinne des Wortes alle Hände voll zu tun.

Das Schöne war, daß die Frösche, die bis dahin verborgen in der Wiese gehockt hatten, die Gelegenheit der gefahrlosen Überquerung ebenfalls nutzten und beständig nachrückten. Denn kaum hatte ich drei auf die andere Seite getragen, hüpften gleich zwei wieder nach. Zudem gab es unter ihnen wahre Dummerchen, die, kaum auf der rettenden Seite angekommen, wieder zurückhüpften - und ich natürlich hinterher. Wie lange ich als Retter der Amphibien mit ihnen hüpfte, kann ich nicht sagen, irgendwann war es geschafft.

Ich allerdings auch!

Die Hände eiskalt, der Rücken krumm, fühlte ich mich wie die Hexe Abraxas beim Krötenrennen.

Doch endlich war die Straße vor mir blitzblank. Einen Augenblick wartete ich noch, ob sich vielleicht Nachzügler einstellten, dann warf ich Motor und Heizung an und setzte meine nächtliche Fahrt fort, während Frank Sinatra kräftig „Fremde in der Nacht..." im Radio trällerte.

Sicher war ich das für die Frösche auch.

Niemand ist vollkommen

Ich lade gerne Gäste ein und koche dann mit Lust.

Und wenn sonst beim täglichen Eßverhalten nur ein Brett auf den Tisch gelegt wird und der Topf kommt mitten drauf, so entwickle ich bei meinen „Gästeessen" eine hochgradige Akribie, was das Ambiente anbelangt.

Die feinsten Teller, Tiegel, Gläser und Schüsseln werden angeschleppt, und erst, wenn sich das Kerzenlicht in den kristallenen Messerbänkchen spiegelt, bin ich zufrieden.
Geladen hatte ich diesmal Uta, eine fröhliche „Singlin", die sich nach einer sehr lauten, schließlich gescheiterten Ehe friedlich allein durchs Leben schlug.
Karla und Jan, beide tragisch geschieden und seit zwei Jahren in einem liebevollen Versuch vereint, es vielleicht diesmal zu schaffen.
Ulla und Gerd, schon zehn Jahre hoffnungsvoll verlobt.
Peter, ein eingefleischter Junggeselle und zum guten Schluß Gudrun und Alfred, seit siebenundzwanzig Jahren wirklich „glücklich" verheiratet.
Letztere wurden von allen Gästen hoch geschätzt, weil sie trotz langem Zusammenleben stets nett und ausgesprochen liebevoll miteinander umgingen.
Doch mitten in mein schickes Essen hinein, ich servierte gerade die mir exzellent gelungene Lauchcremesuppe, begann es plötzlich gefährlich zu knistern.
Denn ausgerechnet der sonst höfliche Alfred erhob das Glas und sprach mit leicht spöttelndem Unterton:
„Vielen Dank für die Einladung, mir schmeckt's insbesondere deshalb, weil ich heute meine erste warme Mahlzeit in dieser Woche bekomme..."
„Aber Alfred ...", wollte ich beschwichtigend einlenken, da setzte dieser noch spitz hinzu:
„Meine Frau ist nämlich zur Zeit ausschließlich in Sachen Tennis unterwegs!"
Gudrun blies empört die Backen auf:
„Das kann doch wohl nicht wahr sein! Du merkst ja gar nicht, wenn ich unterwegs bin, du bist seit Monaten absolut mit deinem Büro verheiratet! Die Kocherei habe ich aufgegeben, weil sämtliches Essen verbrutzelt. Koch' mal für jemand, der ständig nicht rechtzeitig kommt!"

„Ha, da bin ich der falsche Mann für dich, du hättest einen Beamten heiraten müssen, der steht pünktlich nach Feierabend auf der Matte ...!“ keilte Alfred zurück und fuchtelte drohend mit dem Löffel herum.
„Ich glaub', mich knutscht ein Elch!“ holte Gudrun zum Gegenschlag aus. Eh man sich versah, befanden sich die beiden in einem deftigen Streit.
„Weißt du überhaupt was das heißt, für den Familieneintopf zuständig zu sein, während du an deiner Karriere bastelst?“
„Moment mal, Moment mal, schließlich verdiene ich...!“
„...das Geld“, ergänzte Gudrun, „den Spruch kenne ich! Gut, tust du, dafür sorge ich fürs Heim. Weißt du was eine Haushälterin heute verdient?“
Sie hatte ihre Stimme um einige Phon erhöht und ließ ganz bewußt eine kleine Pause.
„Wenn du mich auszahlen müßtest, hätte ich mehr Geld auf dem Konto als du...!“
„Aber...“, weiter kam Alfred nicht.
„Zudem würde kaum eine Haushälterin deine ineinandergekrunkelten Socken im gesamten Haus einsammeln. Keiner Haushälterin mit Rentenanspruch, Urlaubsgeld und Kündigungsschutz könntest du in solch einem versüfften Zustand, wie du es zu tun pflegst, das Badezimmer hinterlassen. Ganz zu schweigen von deinen weiteren Rücksichtslosigkeiten!“
Gudrun schien deutlich erregt, denn ihre Ohren hatten sich hochrot verfärbt.
Sämtliche Gäste krallten sich ängstlich im Tischtuch fest und verfolgten, während ich klammheimlich meine teuren Suppentassen in Sicherheit brachte, mit großen Augen das „Match“.
Fast unbemerkt servierte ich den Hauptgang.
Es schmeckte vorzüglich, doch wagte niemand, dies zu be-

kunden, da alle aufmerksam die spitzen Pfeile beobachteten, die gefährlich hin und her zischten.

„Weißt du überhaupt...?" Gudruns Stimme klang sehr schrill.

„Ich weiß gar nichts!" konterte Alfred für einen gastlichen Abend zu laut.. „Genau das ist es, du weißt nichts!" zischte Gudrun schon fast heiser. „Wozu auch!" „Genau das ist deine stoische Grundeinstellung. Du bist stur, stur, stur und noch mal stur. Im Grunde geht dich alles gar nichts an. Oh, ich kriege gleich einen hysterischen Schreikrampf..." weiter kam Gudrun nicht, ihr war ein Stück Kartoffel in den Hals gerutscht. Sie mußte fürchterlich husten.

Erst da bemerkten die Kontrahenten, daß sie wohl nicht alleine waren.

„Entschuldigt, solche Entgleisungen gehören nicht hierher..." meinte Alfred, und in betretener Stille löffelte man die Peinlichkeit des Augenblicks in sich hinein.

Ebenfalls noch ziemlich wortlos, naschten alle den Nachtisch, Vanilleeis mit heißen Kirschen.

Doch beim abschließenden Mokka war bereits alles wieder vergessen, man plauderte, auch Gudrun und Alfred in normalem, versöhnlichem Ton.

So mancher konnte sich allerdings ein stilles Grinsen nicht verkneifen, und irgendwie erschienen mir alle Gäste, besonders die mit ihren gestrauchelten Beziehungen, doppelt zufrieden, ja fast getröstet.

Hatte sie dieser Abend doch gelehrt:

Niemand ist vollkommen!

Bitte recht freundlich...

Beim Doktor, bei der Bank, selbst der Bahn: Überall wird heutzutage nach der „Karte“ gefragt.
Wenn vielleicht sogar irgendwo praktisch, sehe ich in diesen Plastikdingern eher eine ziemliche Belastung, denn nun muß ich nicht nur aufs Geld, sondern zusätzlich auch auf die Karten achten. Da oft das eigene Foto auf ihnen prangt, ist ein Mißbrauch dieser Karten allerdings kaum möglich.
Als ich bei meiner letzten Reise eine neue Bahncard beantragte, verlangte beispielsweise der Beamte am Schalter gleich ein Bild von mir. Ich hatte natürlich keines dabei, und deshalb entschloß ich mich, auf die Schnelle eins im Photoautomaten anzufertigen.
Für meine Begriffe ein Klacks.
„Passen Sie auf, manchmal ist das Ding kaputt“, warnte der Beamte.
Seine Warnung in den Wind schlagend, sprang ich hinein.
Das Drama fing gleich damit an, daß ich den Schlitz nicht fand, in den man die Geldstücke stecken mußte.
Gemeinerweise befand er sich außerhalb des Geräts. Irgendwann fielen laut hörbar die Münzen in den Kasten.
Anleitungsgemäß schaute ich in den Spiegel und wie verlangt drückte ich auf den „grünen“ Startknopf.
In großen leuchtenden Lettern gab der Apparat bekannt: „Betriebsbereit!“
Was sollte da noch schiefgehen!
Geduldig wartend saß ich in dem hautengen Kabinchen, jede Sekunde darauf gefaßt, daß der Blitz mich traf.
Traf er aber nicht!

Es blieb still, deshalb probierte ich seelenruhig die günstigste Stellung meiner Mundwinkel aus:
Herabgezogen öde, breit lächelnd, leicht geöffnete Lippen, ein U, ein A ein O...
Meine Variationsbreite hätte jeden Hollywoodregisseur begeistert. Fix strich ich noch einmal übers Haar, zog die Bluse glatt ...
Kurzum: Alles an mir war ordentlich zurechtgerückt, so wie Mutter an meinem ersten Schultag es einst tat, doch der Apparat rührte sich nicht!
Prüfend schielte ich nach rechts auf die Gebrauchsanweisung. Alles korrekt, stellte ich fest!
Also konnte es nur an diesem grünen Startknopf liegen, deshalb nahm ich ihn genauer unter die Lupe.
Welch ein Schreck!
Prompt zischte in diesem Moment der erste Blitz über mich hinweg. Natürlich senkte ich gerade meinen Blick zum Knopf. Völlig irritiert riß ich meinen Kopf hoch, schon hatte mich Blitz Nummer zwei erwischt! Damit war der Spuk vorbei. Jeder kann sich denken, mit welch gemischten Gefühlen ich die Bilder erwartete. Das Ergebnis meiner „Photoaktion" übertraf meine schlimmsten Befürchtungen:
Mit dem ersten Bild konnte ich bequem um eine Audienz beim Papst bitten, denn darauf senkte ich „madonnengleich" mein Haupt.
Beim zweiten wäre Wilhelm Busch begeistert gewesen, denn derart „knollnäsig" ähnelte ich stark seiner Witwe Bolte, mir fehlten nur „Mops" und „Hühner".
Bloß gut, daß sich die Bahncard auf ein Jahr beschränkte, denn es reichte mir schon, daß mich seit dreißig Jahren auf meinem Führerschein eine mißglückte Ablichtung der Spätpubertät begleitete.
Deutlichst erinnere ich mich noch an diesen Fototermin,

denn ausgerechnet an jenem Tag leuchtete ein dicker roter Pickel an meinem Kinn! Er befand sich im Stadium absoluter Reife und gipfelte in einem kleinen gelben Punkt. Meine Verzweiflung kannte derzeit keine Grenzen. Mit einer ganzen Tube Make-up habe ich fieberhaft und centimeterdick daran gearbeitet, diesen kleinen Webfehler zu überdecken.

Dazu bin ich überhaupt nicht fotogen. Bei meinem neuen Personalausweis finde ich es immer wieder erstaunlich, daß man das Dokument anerkennt, denn Ähnlichkeiten mit mir kann ich darauf nicht feststellen.

Deshalb schreibe ich lieber, als Fotomodell wäre ich längst verhungert.

Klein, aber wichtig

Nach tristen Wintermonaten rückt das bunte, tirilierende Erwachen der Natur absolut in den Vordergrund. Besonders die Vögel werden ihres Gesangs oder Aussehens wegen in vielen Liedern besungen und verherrlicht.

Allein ein Vögelchen bleibt bei allem Frühlingsrummel total im Schatten, denn es ist in seiner Farbgebung sehr trist und gesanglich bis auf freches „Tschiepen“ ziemlich unbegabt.

Ornithologisch wird es meist nur am Rande erwähnt.

Vielleicht beruht diese Mißachtung aber auch darauf, daß es sich überall, scheinbar zäh wie Unkraut, absolut anzupassen weiß.

Denn egal wo man auf dieser Erde aus dem Flugzeug steigt, wird man gleich von frech zwitschernden „Spatzengruppen“ empfangen.
Deshalb wohl kommt ihnen allgemein wenig Beachtung zu, ja mitunter werden sie sogar böswillig verfolgt.
Das fängt schon im Winter am Futterhäuschen an. Zeigt sich beispielsweise ein einzelner Dompfaff mit leuchtend rotem Brüstchen, klinkt alle Welt voller Entzücken aus:
„Sieh nur, wie niedlich, ein Dompfaff! Welch hübscher Vogel! Wie wundervoll gezeichnet!“
Bei Spatzen klingt das gleich anders:
„Hast du gesehen, wie Geier ist die wilde Meute übers Futter hergefallen! Ich geh raus und scheuche sie weg!“
Dabei ist nach neuesten Erkenntnissen selbst der Sperling, dank schlechter Umwelteinflüsse, auf dem besten Weg, eine Rarität zu werden.
Lange schon vermisse ich ländliche Idylle mit Pferdeäpfeln auf der Straße, von hungrigen Spatzen umschwirrt, die sich um Würmchen prügeln.
Nur einen einzigen Platz auf dieser Erde weiß ich, wo Spatzen der Mittelpunkt sind.
Der Mittelpunkt einer klitzekleinen Welt!
Nämlich dort, wo ich auf meiner fast täglichen Fahrt in die Stadt an einem Altenheim vorbeikomme.
Dort steht oben im zweiten Stock jedesmal ein alter Mann am offenen Fenster und streut zu allen Zeiten reichlich Körner und Krümel auf die Fensterbank.
Sommer und Winter flattert deshalb ein fröhlich lärmendes „Zwitschervolk“ um ihn herum.
Nur Spatzen!
Sein Lächeln verrät, daß er diese Geschöpfe wirklich liebt.
Scheinbar sind sie ihm sogar in Ermangelung von Menschen zur Familie geworden.
Auf jeden Fall hüpfen die Winzlinge voller Vertrauen dicht

um ihn herum, auf die Hand und mancher fliegt bis auf die Schulter.

Wenn allerdings ein paar Krümel vorbeifallen, saust die gesamte Truppe wie eine Staffel Düsenjäger im Sturzflug bis auf den Boden herab.

Unter großem Getöse kämpften sie dann um kleinste Krumen, als sei es pures Gold.

Unbeirrt bei jedem Wetter versorgte der alte Mann diesen „Spatzenplatz".

Deshalb war ich äußerst beunruhigt, als das Rollo an diesem Fenster eines Tages geschlossen blieb.

Die Spatzen hüpften ratlos über die leere Fensterbank und pickten unablässig auf dem Boden nach Resten suchend. Völlig irritiert flogen sie vor dem so verrammelten Fenster hin und her. Sie wirkten hilflos und verlassen!

Beim Anblick dieser Verzweiflung wurde mir ganz traurig zumute, als hätte ich etwas verloren!

Ich war schon drauf und dran, im Heim nachzufragen, so bewegte mich die Geschichte.

Doch gleich am nächsten Tag, als ich wieder vorbeikam, bot sich das alte Bild.

Ich atmete auf, die Spatzen wohl auch!

Mutter einer Tochter

Ich kann mich noch haargenau an den Augenblick erinnern, als man mir das zarte nackte Wesen in den Arm legte, rot und verschrumpelt, wie ein kleiner Gartenzwerg: „Sie haben ein Mädchen, eine Tochter geboren!“
Solche Momente im Leben sind meist dermaßen überwältigend und unfaßbar, daß man im Augenblick des Geschehens ihre Größe nicht einordnen, geschweige begreifen kann. Ich weiß nur, daß ich diesen kleinen Nackedei wie ein großes Wunder anstarrte und vor lauter Verwirrung alle Mühe und Schmerzen der letzten Stunden sofort vergaß.
„Meine Tochter“, weihevoll habe ich diese Worte gesprochen, als wollte ich mir eine völlig neue Welt einprägen und das war es ja auch.
Ich, die ich bis zur Stunde selbst Tochter war, hatte nun eine Tochter.
Ein vollkommen normaler Vorgang, der täglich tausendfach passierte. Für meinen mir bedeutungsvollen Lebenskreis jedoch ein überaus wichtiger und besonderer Abschnitt.
Ich hatte nicht nur eine Tochter im Arm, von diesem Augenblick an war ich auch Mutter:
Mutter einer Tochter!
Die Natur hatte mir einen Menschen anvertraut, für den ich, zusammen mit seinem Vater, voll verantwortlich war. Mehr sogar: absolut notwendig, unentbehrlich!
Dieses Menschlein war, so überfiel es mich angstvoll, abhängig von mir, in gewisser Weise auch ausgeliefert, denn alles, was ich tun oder nicht tun würde, war für das Leben meiner Tochter ausschlaggebend, formend.

Wie ein Gärtner, der nur die Blumen und Früchte ernten kann, deren Samen er in den Boden gesteckt hat, war ich Lebensgärtner für die Blumen und Disteln im Leben meiner Tochter.

Wenn ich zu dieser Zeit auch nicht derart klare Gedanken hatte wie heute, so hat doch zumindest mein Unterbewußtsein dies alles geahnt und gespürt.

Denn als ich mit meinem in Decken und Kissen gewickelten Baby in unserer Zweizimmerwohnung ankam, hielten Freude und Angst sich die Waage.

Mein Gespür diesbezüglich bestätigte sich für die kommenden Monate. Denn in vielen Situationen reagierte ich, da ziemlich unerfahren, mit übergroßer Sorge.

Doch wenn sie auch viel zu zart und untergewichtig, dazu noch vollkommen zahnlos an ihrem ersten Geburtstag quiekend in die Kamera lachte, so hielt ich meine Tochter natürlich voll mütterlichem Stolz für das schönste Kind der Welt.

Als dann die Lauferei losging, der Kindergarten, schließlich die Schule, ließ ich mir allerhand einfallen, was ich diesem Menschlein alles in seinen Lebensrucksack packen wollte.

Somit wird eine Tochter dann Produkt ihrer Erziehung.

Aber Gott sei Dank „produktet“ es sich nicht einfach. Sehr bald schon zeigt sich, wie gut wir gearbeitet, wie gut wir „eingegeben“ haben.

Spätestens in dem Augenblick, wo dieses anfangs zu behütende Wesen ein Eigenleben beginnt und die starke Logik des unverbrauchten Kindes uns mit eigenen Waffen schlägt.

Immer bewußter wurde mir die kleine Welt, die mir da entgegenwuchs.

Meine Tochter war dabei, sich zu einem selbständigen Menschen zu entwickeln, der selbst dachte und handelte, erwachsen aus meinen Anstößen, die aber längst schon nicht mehr als die meinen zu erkennen waren.

Eines Tages war meine Tochter ein volles Mitglied dieser Gesellschaft.

Bald konnte auch sie Mutter sein, und alles würde wieder von vorn beginnen!

Haben, haben, haben...

Es ist einfach erstaunlich, was uns die Technik heute alles bietet und in manche Hinsicht wüßte ich auch gar nicht mehr ohne sie auszukommen.

Denn der Computer ist sozusagen schon mancherorts zur sogenannten besseren Hälfte avanciert, was man früher nur charmant vom Ehepartner behauptete.

Also, für mich ist der geliebte Kasten das zweite Hirn, mein Sekretär, mein Berater, Sorgentröster, kurz mein ein und alles.

Wenn man derart gut mit der Technik auskommt, ist es verständlich, daß man sich leicht von allem möglichen Firlefanz begeistern läßt.

So kann ich mich noch gut erinnern, wie inniglich ich mir eine große Küchenmaschine gewünscht habe, die alles rührt und knetet.

Sie war schweineteuer und weil das Geld in unserem jungen Haushalt nicht so dick gesät war, habe ich Mark für Mark vom Haushaltsgeld abgeknapst.

Meine Güte, was wurde in den ersten Wochen alles gezaubert. Als ich das erste Mal Eis darin ansetzte, hat die ganze Familie in die Schüssel geguckt und Drehung für Drehung den Vorgang mitverfolgt.

Da man hinterher allerdings auch ganz schön viel zu pulen und zu waschen hatte, um das Gerät zu säubern, wurde sehr bald reuevoll auf den kleinen Handrührer zurückgegriffen.

Irgendwann gierte alle Welt plötzlich danach, sämtliches Essen in heißem Fett schwimmend zu schmurgeln.

Also mußte eine Friteuse her.

Hier zeigte sich nach kurzer Zeit die Entsorgung vom vielen „Altfett“ als äußerst problematisch, so legte man bald wieder brav die Koteletts in die gute alte Pfanne.

Im Laufe der Jahre galt es fast als Schande, Eier noch hinterwäldlerisch in einem kleinen Töpfchen zu kochen, deshalb bimmelte ein Eierkocher in unserer Küche. Inzwischen steht auch er friedlich bei den anderen „Küchenhelfern“ im sogenannten „Abstellregal“.

Joghurt wurde zeitweise ebenfalls „selbst“ in eigens dafür gebauten Geräten angesetzt.

Vonwegen der vielen Konservierungsstoffe in den Backwaren mußten wir auch unbedingt einen Brotbackautomaten haben, haben, haben...

Dann wieder hörte ich, daß es der Gesundheit unheimlich dienlich sei, frische Säfte morgens auszupressen. Schon brummte ein Entsafter auf dem Tisch.

Das Brot holen wir inzwischen weiter vom Bäcker und Apfelsinen lassen sich bequem auch mit einer kleinen „Presse“ per Hand ausdrücken. Denn kriegen sie mal den Einsatz im Entsafter so mir nix dir nix wieder sauber!

Ähnlich versagte die kleine elektrische Häckselmaschine für Dill und Petersilie, das einfache Wiegemesser ist mit einem Handstrich wieder blank.

Somit lagern all diese hochwertigen Apparate auf dem zweiten Brett in besagtem Regal.

Trotzdem bleibe ich der küchentechnischen Entwicklung immer aufgeschlossen. Denn vor ein paar Tagen kam ich auf einer „Messe“ zufällig an einem Stand vorbei, an dem ein Mann alle Vorteile seines Reib-, Scheib- und Schnitzelwerks hervorhob. Pfiffig, griffig schnell und spritzig wirbelte er mit Mohrrüben, Gurken und Kartoffeln herum und zeigte der erstaunten Menschenmenge, wie er in Sekundenschnelle alles klitzeklein zermatscht.

Voller Begeisterung von soviel Mühelosigkeit wollte ich schon mein Portemonnaie zücken. Aber da fiel mir meine Gerätegalerie im Keller ein. Und überhaupt besaß ich doch so einen kleinen Hobel mit drei verschiedenen Einsätzen, damit hatte ich bereits herrlichste Gerichte fabriziert.

Also steckte ich das Geld wieder weg!

Denn inzwischen muß ich nicht mehr alles haben.

Schließlich besitze ich „Technik“ satt!

Tropfen in der Nacht...

Es war kein Vollmond, nein!

Im Gegenteil - der Himmel hing voll dickster Regenwolken. Trotzdem lag ich hellwach in meinen Kissen.

Es war kaum an Schlaf zu denken, denn üppige Wassermassen prasselten vom nächtlichen Himmel herab.

Anfangs fand ich es noch schrecklich gemütlich. Draußen dieses Unwetter und ich schön behütet in meinem kuscheligen Bett.

Mein Schlafbedürfnis wuchs mehr und mehr...
Plötzlich, wie abgeschnitten, hörte der Regen auf.
Wunderbar, wird jeder denken und daß ich nun allen Grund hatte, mich auf die Seite zu drehen, um friedlich zu schlummern.
Hätte ich sicher, wenn da nicht dieser eine kleine Tropfen, hellklimpernd wie ein Glöckchen, in der nächtlichen Stille von der Dachrinne in gleichmäßigen Abständen herabgefallen wäre.
Handwerklich begabt, wie ich war, beschloß ich, gleich am nächsten Morgen eine Leiter zu schnappen, und den Schaden zu beheben.
Vollkommen zufrieden mit meinem Entschluß schubste ich mein Kopfkissen zurecht und ließ mich ins Traumland fallen.
Aber:
Kling!
Kling!
Kling!
Es wollte einfach nicht klappen!
Besagter Tropfen klirrte stetig, wie ein winziger Hammerschlag, empfindlich in meinen Ohren.
Den Kopf so fest es ging in die Kissen zu vergraben, half nichts. Messerscharf bohrte sich dieses klitzekleine Geräusch durch jede einzelne Feder und erreichte glasklar die Membranen meiner Hörvorrichtung.
Völlig entnervt war ich schließlich bereit, mein molligwarmes Bett zu verlassen und in die feuchtkalte schwarze Nacht hinauszustapfen, um dieses vermeintliche Loch in jener Rinne zu schließen.
Aber wie freudig spitzten sich plötzlich meine Öhrchen, als ich nach genauerem Hinhören feststellen mußte, daß dieses Geräusch gar nicht von draußen, sondern aus dem Badezimmer kam.

Es war lediglich der Wasserhahn, der solch ein Tropfkonzert veranstaltete!
Überglücklich hüpfte ich aus dem Bett, den Schaden zu beheben. Leider gestaltete sich das nicht so einfach, wie ich dachte. Denn besagter Hahn war bereits total zugedreht, dermaßen stramm, daß nichts mehr ging, und trotzdem tropfte er beharrlich vor sich hin.
Selbst eine große Zange brachte keinerlei Hilfe.
Da half kein Drehen, Ziehen, Zerren...
Um ein Haar hätte ich diesen „Wasserspender" auch noch abgebrochen. Hundemüde und schachmatt von meinem „Zangeneinsatz", griff ich zu einer „List", indem ich einfach um dieses Tropfgebilde ein Handtuch wickelte.
Heimlich still und leise konnte nun der störende Tropfen versickern.
Völlig fertig kletterte ich in mein Bett zurück! Ich schlief zwar ein, aber träumte tausend wirre Träume von: tropfenden Wasserhähnen, Zangen, Eimern, Leitern, Dachrinnen, Wasser...
Völlig übernächtigt rief ich am nächsten Morgen den Klempner an. Der hatte leider keinen Termin frei.
Drei geschlagene Wochen blieb dieses Handtuch dann als Lösung liegen. Die Reparatur war nur ein Klacks von wenigen Sekunden, lediglich die Dichtung war kaputt.
Kosten, Anfahrt, Abfahrt, plus Arbeitszeit plus 0,50 DM Material, plus Mehrwertsteuer.
Beim Anblick der Rechnung fiel ich nach Luft schnappend auf den Rücken. Für den Preis hätte ich glatt einen vergoldeten Wasserhahn bekommen.
Also, wenn ich das nächste Mal heirate, suche ich mir glatt einen Klempner.

Nur ein kleines Herz...

Vor Tagen traf ich meine Freundin Renate. Sie ist eine von den Menschen, die man wochenlang nicht sieht, doch wenn man sich trifft, sind die Seelen so geöffnet, als wäre man immer zusammen.
Deshalb prasselt nach dem üblichen, „Na, wie geht's?“ ein bunter Erlebnisbericht auf mich herab.
Wie sie erzählte, hatte es sie, nach dem Motto, wenn, dann kommt alles auf einmal, fürchterlich erwischt:
Auto verbeult, Kanarienvogel tot von der Stange gefallen, „Lebensgefährte“ auf und davon!
Eine harte Lebenssituation!
„Aber weißt du, letzten Mittwoch hat sich etwas Wunderbares ereignet!“
Ihre Augen leuchteten, während sie erzählte.
„Ich war an diesem Tag völlig am Ende! Um mich wieder in den Griff zu kriegen, habe ich mich in einen Kaufrausch gestürzt und völlig neu eingekleidet. Anschließend bin ich in ein Bistro gegangen, um mit mir selbst zu feiern. Aber leider wollte meine alte Fröhlichkeit nichts von mir wissen. Zwar war ich von wahnsinnig vielen Menschen umgeben, aber ich fühlte mich einsam und verlassen, klitzeklein wie ein Nichts.
‚Bitte, Sie wünschen?‘ fragte der Kellner.
Am liebsten hätte ich gesagt:
‚Einen Cognac und die Flasche dazu!‘
Aber wer hätte was davon gehabt, wenn ich als Schnapsleiche in die Gosse getorkelt wäre?
Also bestellte ich brav:
‚Einen Cappuccino bitte!‘
‚Cappuccino, kommt sofort!‘

In meiner Verzweiflung hatte ich mir sogar eine Schachtel Zigaretten gekauft, scheiterte aber kläglich bei dem Versuch, mir eine anzustecken.
Erst fiel das Feuerzeug runter, dann glimmte der Stengel nur an einer Ecke, um gleich wieder auszugehen. Außerdem roch dieses Ding wie angebrannte Socken.
Als ich schließlich den ersten Zug in meine Lungen saugte, kratzte es dermaßen im Hals, daß ich laut hustend fast vom Hocker fiel.
Schnellstens drückte ich die gräßliche Kippe aus.
Kurzum, ich fühlte mich hundeelend, als hätte alles Leid der Welt ausgerechnet auf mir einen Parkplatz gefunden.
Wenn man bedenkt, wieviel Zeit ich mit meinem Rauchversuch verbracht hatte, so dauerte dieser Cappuccino ewig lange.
Suchend guckte ich nach dem Kellner. Doch jener stand seelenruhig hinter dem Tresen, fummelte an der Kaffeemaschine herum und schaute zu mir hinüber.
Ich war zu müde von meinem angeknacksten Leben, um mich über diese Lahmtutigkeit auch noch aufzuregen.
Finster vor mich hinbrütend harrte ich der Dinge.
Total versponnen in meine düsteren Gedanken, kriegte ich glatt einen Schreck, als dieser Kellner plötzlich vor mir stand.
‚Bitte schön! Einen Cappuccino! Für jemand wie Sie, mit solch traurigem Gesicht heute eine Sonderanfertigung!'
Tatsächlich hatte er in liebevoller Kleinarbeit ein dickes weißes Schaumherz auf die dunklen Schokoladenbrösel gebastelt.
Deshalb hatte die Aktion so lange gedauert!
Ich war perplex, schaute ihn, dann das Herz und wieder ihn an und strahlte über und über.
Stumm vor Glück schossen mir winzigkleine Freudentränen in die Augen.

‚Na also, jetzt sehen Sie schon tausendmal hübscher aus. Kopf hoch!'
Während er sich wieder den anderen Tischen zuwandte und weiter seine Arbeit tat, blieb ich in voller Glückseligkeit vor meinem kleinen Schaumherzen sitzen, hütete es wie einen Schatz!
Dabei war mir, als würde alles um mich herum leuchten, ich fühlte mich frei von allen Lasten.
Du kannst glauben, wie lange ich gezögert habe, diesen Cappuccino zu trinken.
Aber wenn du mich jetzt fragst, wie es mir geht, dann kann ich dir antworten:
Seitdem gut!
Der Kellner heißt nämlich Frederic, ist dreiundvierzig Jahre alt und geschieden!"

Der weiße Flockensegen

Wenn man einen riesigen Jumbo-Jet zum Himmel aufsteigen sieht, dann wundert man sich, wie es möglich ist, daß so viel Masse fliegen kann.
Aber der Mensch an sich ist nun mal ein absoluter Tüftler und schafft es mitunter, daß selbst „Elefanten" wie Schmetterlinge durch die Lüfte flattern.
Doch ab und an fällt solch ein Koloß wie ein Stein vom Himmel.
Wenn man dann vor den Trümmern steht, heißt es nur:
„Menschliches Versagen!"
Tja, so ist er nun mal der Mensch, was er mühsam aufge-

baut hat, kann er in Sekunden purer Unachtsamkeit total zerschlagen.
Ähnlich verhält es sich mit den Wunderwerken der Waschmaschinen.
Irgendwann habe ich mir den Mercedes unter ihnen zugelegt.
Nicht etwa um beim Kaffeekränzchen damit zu glänzen, nein, allein wegen der ausgefeilten Waschprogramme.
Als Pullovermörder bekannt, kann ich dieser hochqualifizierten Maschine alle Wollsachen anvertrauen, ohne anschließend vor kleinen Filzobjekten, sogenannter Liliputanergarderobe, tränenreich auf die Knie zu fallen.
Manchem stolzen Strickgebilde hatte ich bereits beim Rutsch in den Mülleimer fürchterlich nachgeheult.
Dies alles kam in letzter Zeit nie mehr vor und ich dachte, dank meines technisch brillanten Waschmaschinchens, nie mehr Pleiten zu erleben.
Leider hatte ich das tückische „menschliche Versagen“ völlig unterschätzt.
Vor ein paar Tagen schlug es zu!
Ich „ließ“ eine ordentliche Portion schwarze und dunkelblaue Hemden, T-Shirts, Socken und Leggins waschen.
Ritsche ratsche war die Geschichte fertig und da gerade für wenige Minuten die Sonne schien, wollte ich alles schnell im Garten aufhängen.
Ich öffnete das Bullauge der Maschine, da wurde mir für Augenblicke absolut winterlich zumute, denn ein dicker Flockenregen rieselte mir entgegen.
Während ich die ersten Teile rauszog, mußte ich feststellen, daß die gesamte Wäsche mit winzigen weißen Papierfusseln übersät war.
„Nein nicht schon wieder,“ schrie ich völlig außer mir.
Dabei war ich absolut sicher, ich hätte jede Tasche, jedes Täschchen gründlich nach diesen verflixten „Tempos“ abgesucht.

Scheinbar nicht gründlich genug, denn eines dieser Papierdinger hatte sich versteckt und die gesamte Wäsche eingesegnet.

Da half kein Schütteln und kein Rütteln, wie Kletten blieben die hartnäckigen Knüddelchen auf den dunklen Sachen sitzen. Stück für Stück versuchte ich die winzigen Dinger abzuzupfen. Selbst als ich Bürsten, Schwämme und schweres Gerät zu Hilfe holte, blieben die Papierklümpchen beharrlich kleben.

Schließlich habe ich mich in mein Schicksal gefügt und trage seitdem weißgenoppte Pullover, Hosen und Hemden. Tagtäglich werde ich nun auf diese Art und Weise an mein „Versagen" erinnert.

Und obwohl ich seitdem förmlich in jede noch so kleine Hosentasche hineinkrieche, hat mich neues Mißgeschick erwischt. Eine bunte Socke ist unbemerkt in die Kochwäsche gerutscht und hat alle Unterhosen in freundliches Rosa umgefärbt.

Deshalb wünsche ich mir sofort eine Waschmaschine mit „Tempo- und Sockensensoren", damit ich vor meiner eigenen Nachlässigkeit geschützt bin.

Nach langer Zeit mal wieder...

Ich glaube, man sollte vorsichtiger damit sein, bei alten Freunden, mit denen man so durch die Sturm und Drangzeit gefetet war, nach langer, langer Zeit eine fröhliche Einladung zu starten, so mit schnuckeligem kalten Büfett, ein paar guten Weinen und kleinen süßen Schlemmereien zum Nachtisch.

Freundin Ruth hat solch ein Unternehmen gestartet und ist dabei in fürchterlichen Streß geraten.

Liebevoll hatte sie Salate, Pasteten und Terrinen angerichtet, dazu selber Brot in vielen Variationen gebacken, leckere Knoblauchbutterr und Schmalz mit Äpfeln und Zwiebeln dazu gestellt, um eine gute Unterlage für den Wein zu schaffen. Wer nun denkt, daß sich die fröhliche Gesellschaft auf all die Köstlichkeiten wie wild gestürzt hat, irrt.

Ruthchens Gesicht wurde lang und länger, denn schon gleich am Anfang fing das etwas merkwürdige Verhalten an. Egal wem sie das vorbereitete Tablett mit verheißungsvoll sprudelnden Sektgläsern aufmunternd entgegenhielt, sie bekam, außer bei mir, stets einen Korb.

„Oh nein danke", meinte Freund Werner höflich, „vertrage keinen Sekt, bekomme bestialisches Sodbrennen davon!"

Flink stellte Ruth das Tablett ab.

„Was darf ich dir bringen?"

„Am liebsten Wasser!"

Ruth reichte Wasser. In dieser Art scheiterte sie bei fast allen Gästen. Man bevorzugte Säfte, Sprudel und in einem ganz extremen Fall mußte sie sogar schnell Pfefferminztee kochen. Bei einem war es der Magen, bei anderen klapperten die Gallensteine. Der armen Ruth flogen nur so die Leber-, Cholesterin- und Triglycerinwerte um die Ohren.

Ein ganz besonders lieber Gast behielt den gesamten Abend über seinen Blutdruck im Auge, dazu trug er eigens ein winziges Meßgerät in der Hosentasche. Ganz stolz war er auf diese Einrichtung, deshalb durften wir es alle mal benutzen.

Gott sei Dank zeigte sich bei niemandem ein „Befund", sonst wäre das ein trauriger Abend geworden.

Eher kicherten alle vergnüglich und man half sich gegenseitig die Ärmel aufzukrempeln, um diese Messung durchzuführen.

Unablässig scheuchte uns die Gastgeberin zu ihren leckeren Speisen, doch kaum einer langte so richtig zu. Über die Hälfte war zu den Vegetariern gewechselt.

Somit trockneten Buletten und Schnitzel vor sich hin!

Wolfgang, ein hageldünner Mann mit Glatze, warnte mehrfach deutlich:

„Nur Fette machen fett!"

Dabei musterte er diejenigen mit reichlich Speck auf breiten Hüften.

Schon zog selbst ich die Hand vom Schmalztopf weg!

Mit anderen Worten, man lebte schrecklich gesund.

Als Martina es in dieser heiligen Runde wagte, eine Zigarette anzuzünden, wurde sie mit schrecklichsten Berichten über Nikotinauswirkungen bombardiert.

Verständlich, daß sie nach drei Zügen ihren Glimmstengel gehorsam vernichtete.

Irgendwann zog jeder ein paar Fotos von den Kindern und Enkelkindern aus der Tasche. Als alle fast gleichzeitig nach der Brille suchten, mußten wir schrecklich lachen.

Dieser Augenblick machte uns klar, die Jahre hatten an uns schon deutlich geknabbert.

Trotzdem war es ein wundervoller Abend, allerdings anders als früher, wo wir über Tisch und Bänke tobten.

Ganz ohne Sünde ging es allerdings doch nicht ab.

Die Dame mit dem Pfefferminztee beispielsweise trank zu vorgerückter Stunde ziemlich genüßlich zwei Glas vom roten Wein. Und als ich mal an dem herrlichen Büfett vorbeikam, war so manche Schüssel leer.

Von der Knoblauchbutter und dem Apfelzwiebelschmalz war letztlichst nichts mehr übrig.

Die Heinzelmännchen waren es nicht, denn ich konnte gerade noch beobachten, wie genau das letzte Häppchen, damit bestrichen, in Wolfgangs Mund verschwand.

Heißgeliebter Muttertag

Für viele Mütter ist dieser Tag mit Bergen von Blumen, Pralinen und guten Düften angefüllt. Mütter aber sind von Grund auf bescheiden, so wünschte sich manche diese erstickende Fülle an Aufmerksamkeit lieber in leicht verdaulichen Portionen über das Jahr verteilt.

Mitunter wird solch ein Tag nämlich zur absoluten Prüfung mütterlicher Nervenstränge, wenn nach oft wochenlanger Stille plötzlich alle Kinder auf einmal wie Tauben ins Haus flattern.

Friede Freude, Eierkuchen, wabert gepaart mit würzigem Kaffeeduft durchs Haus, und lange vermißtes Kinderlachen (der Enkelkinder) erfüllt die Räume.

Welch eine Liebe!

Aber wer kann schon dem Charme der eigenen Kinder widerstehen? Selbst Hund und Katze bleiben geduldig, wenn ungeschickte kleine Patschehändchen ihnen bunte Schleifen umbinden.

Es wird ein Fest um jeden Preis!

Andere Mütter dagegen sehen in diesem Tag die einzige Möglichkeit, einmal das Frühstück ans Bett zu kriegen.

Ich kann mich an solche „Einsätze“ noch sehr gut erinnern.

Meine Tochter riß dann früh morgens die Schlafzimmertüre auf und krähte fröhlich:

„Alles Gute zum Muttertag“, während sie ein voll beladenes Tablett balancierte. Ebenso fröhlich setzte sie mir die ganze Geschichte auf den Bauch - Zeit zum Aufrichten blieb mir nicht!

Ziemlich atemlos von der „Last“ auf meinem Körper, bewunderte ich dann gründlich aus der Froschperspektive die liebevoll angerichteten Köstlichkeiten.

Üppig wie bei Hofe wurde dann serviert!

Mein Kind, von sich selbst überrascht, was es da so mir nichts, dir nichts auf die Beine gestellt hatte, blieb dann voller Spannung auf meiner Bettkante sitzen und verfolgte mit großen Augen jeden Bissen, der in meinem Mund verschwand.

„Schmeckt's ? Du kannst ruhig sagen, wenn es dir nicht schmeckt, denn mir ist, glaube ich, ein bißchen viel Salz in die Rühreier gerutscht!“ warnte sie mich.

Nie in meinem ganzen Leben hätte ich an solch einem Tag Mängel angemeldet. Selbst wenn das Salz wie Sand zwischen meinen Zähnen knirschte und der Toast sich als Holzkohle entpuppte, gäbe ich immer noch glücklich grunzende Laute des Wohlbefindens von mir.

Selbst völlig zähe und verschrumpelte Sonntagsbrötchen und hoffnungsloser „Blümchenkaffee“ ließen mich voller Verzückung dahinschmelzen.

Die viele Liebe und Zuwendung, die da in diesem Frühstück steckte, könnte kein noch so goldgelber Buttertoast ersetzen.
Unter solchen Umständen wünscht man sich natürlich sehr schnell, es möge das ganze Jahr über Muttertag herrschen.
Mit Sicherheit ist dieser Tag aber eine gute Übung aufeinander zuzugehen und füreinander da zu sein. Wenn dies Kindern und Müttern wieder mehr bewußt würde, dann sähe es auf dieser von Gewalt und Terror geprügelten Welt sicher anders aus.
Aber leider scheint im täglichen Leben das „Einander-Achten" mancherorts aus der Mode gekommen zu sein!

Nerven wie Drahtseile

Es gibt Situationen im Leben, da zeigt man Nerven wie Drahtseile.
So wie neulich:
Ich saß bereits im Auto, fuhr schon um die erste Hausecke, da stellte ich fest: mein Portemonnaie fehlt.
Obwohl die Zeit ein wenig drängte, denn Kaffeebesuch am Nachmittag war angesagt, schaltete ich seelenruhig in den Rückwärtsgang und sauste zurück.
Im Supermarkt endlich angekommen, hatte ich prompt meinen Einkaufszettel vergessen. Von dem Gedanken gequält, ja an alles zu denken, kam ich natürlich nur mit der Hälfte heim. An den wichtigsten Dingen, wie Servietten, Schlagsahne und Tortenguß, war ich kläglich gescheitert.

Nach dem Motto, „immer schön fröhlich bleiben", habe ich gleich einen zweiten Anlauf in die Stadt gestartet.

Obwohl geprägt vom Zeitdruck, klinkte ich weder bei der fast sinnlosen Parkplatzsuche aus, noch zwackte mich Ungeduld in der leidigen Schlange vor der Kasse. Auch als ich endlich bezahlen durfte und just in dem Augenblick merkte, daß das Sahnetöpfchen wohl kaputt ist, da es weiß und fettig auf das Kassenband tropfte, blieb ich auffallend ruhig. Selbst als ich auf der Rückfahrt, etwa zwei Stunden vor Erscheinen des Besuches, mir ins Gedächtnis rief, was bis dahin noch alles zu schaffen war, zeigten meine Nerven noch gummibandähnliche Strukturen.

Erst in den letzten fünfzig Minuten, wo es galt, noch Staub zu saugen, den Tisch zu decken, die Sahne zu schlagen, mich selbst anzuziehen und die Haare zu waschen, geriet ich in leichten Streß.

Ehrlich gesagt, ich wußte nicht mehr, was ich in der kurzen Zeit, die mir blieb, eigentlich zuerst tun sollte. Als ich allerdings feststellen mußte, daß der Staubsauger randvoll war und ich keine neuen Staubsaugertüten mehr hatte, schließlich der Filter in der Kaffeemaschine platzte und die Sahne beim Schlagen zu Butter wurde, geriet ich in totale Panik.

Dabei wollte ich doch noch liebevoll den Tisch mit bunten Sträußchen dekorieren.

Als es an der Türe klingelte, wurde ich leicht hysterisch, konnte aber froh sein, daß wenigstens Tassen und Teller auf dem Tisch standen.

Über mein eigentliches Vorhaben nachzudenken, blieb mir keine Zeit, denn sobald die Begrüßung der vielen Leute mit frohem „Hallo" auf mich herabrieselte, war ich 'eh geliefert!

„Nein", schwärmten meine Gäste, „wie hast du alles so liebevoll ausgerichtet", und ließen es sich schmecken...

Mich allerdings belastete, daß das Wohnzimmer sich leider in einem für meine Begriffe ziemlich murkeligen Zustand befand, im Kaffee „Flöhe“ herumschwammen, meine Frisur vollkommen schief saß und ich nicht einmal dazu gekommen war, mich umzuziehen!

Deshalb reagierte ich etwas überrascht, als meine Freundin Hilde mich, als ich ihr gerade Kaffee nachschenkte, am Ärmel zupfte und mir ins Ohr raunte:

„Meine Güte, du siehst mal wieder blendend aus. Ich bewundere dich immer, mit welcher Ruhe du alles schaffst - als wäre so viel Arbeit nur ein ‚Klacks‘.“

Um die ganze Bewunderung noch zu bekräftigen, schlug sie mir mehr als kräftig auf die Schulter, beinahe wären mir dabei die Kämmchen aus dem Dutt gefallen.

„Na bitte“, bestätigte ich mir selbst: „Immer nur die Ruhe bewahren!“

Süße Erinnerungen

Es gibt Tage da kriegt man mitunter schrecklich wehmütige Anwandlungen und plötzlich kramt man in Erinnerungen...

Ich war zwar um das Kriegsende herum klitzeklein, aber ich weiß noch ganz genau, wie meine Mutter mit mir durch das total zerbombte Berlin gelaufen ist.

Da ich außer Luftschutzkellern und Trümmerhaufen in meinem kurzen Leben nichts anderes kannte, hielt ich diese Situation für völlig normal. Zumal Mutter feingemacht wie eine Königin durch dieses Chaos marschierte. Wunderschön sah sie aus in ihrem grünen Samtmantel mit puscheligem Pelzbesatz und ihrem braunen Schleierhut, der von zwei kleinen wippenden Paradiesvögeln gekrönt wurde. Stolz wie eine Spanierin ging sie in ihrer vornehmen Garderobe an staubigen Steinhaufen und verbrannten Häusern vorbei.

Dabei hatte sie sich keineswegs so fein gemacht, um den Frieden zu feiern, und „Muttertag“ stand derzeit auch nicht auf dem Programm.

Tottraurig war sie, denn eine dicke Bombe hatte unser Haus und all unsere Habe kurz und klein geschlagen.

Das einzige was Mutter, außer ein paar Möbeln, gerettet hatte, war ein Koffer. In ihm befanden sich dieser Mantel und jener Hut, somit ihre einzige Garderobe.

Ich glaube, ihre deplazierte Eleganz war ihr in diesem Augenblick völlig „wurscht“.

Ihre Gedanken kreisten allein darum, wie es weitergehen sollte. Deshalb kehrten wir immer wieder zu dem großen Steinhaufen zurück, der einmal unser Haus gewesen sein sollte.

Trotz Samtmantel und Schleierhut pulten wir dann in den staubigen Trümmern herum, ob sich nicht hier und da ein brauchbarer Gegenstand fand.

Mein größter Fund erschöpfte sich in einer braunen Milchkanne aus Emaille. Eine ziemlich verbeulte Angelegenheit, denn immerhin war sie quer über das Grundstück geschleudert worden.

Nachdem Mutter ein glückliches Wiedersehen mit diesem altbekannten Gegenstand gefeiert hatte, beschloß ich, den Henkel der Kanne nie wieder loszulassen. Niemand sollte uns je diese Kanne wieder wegnehmen.

Aber das war das einzige, was sich in diesem jämmerlichen Haufen Steine fand.

Laut weinend schrie Mutter dann ihre ganze Not über die-

ses Elend heraus. So viele Tränen hatte ich noch nie bei ihr gesehen!
„Warum, wozu das alles, womit haben wir das verdient", ihre Verzweiflung schien kein Ende zu nehmen.
Leise und behutsam habe ich mich deshalb ganz eng an sie geschmiegt. Ganz fest umfing ich sie mit meinen kleinen Armen, denn plötzlich überfiel mich schreckliche Angst um sie und um uns!
Aber irgendwann zog Mutter dann ihren Samtmantel aus und legte den Hut auf einen Mauerrest. Fest entschlossen hat sie schließlich einen Spaten in die Hand genommen und angefangen, eine kleine Ecke im Garten umzugraben.
Und sie schaffte es, daß wir eines Tages Mohrrüben und Kartoffeln aus diesem Trümmergarten essen konnten.
Ein alter Apfelbaum hatte ebenfalls überlebt, er trug viele Früchte in jenem Jahr. Mutter hatte die Äpfel wie Goldstücke gezählt und so eingeteilt, daß sie über den Winter reichen mußten.
Wenn ich heute zurückschaue, muß ich feststellen, tapfer war sie, meine Mutter, wie so viele in dieser Zeit.
Schade, daß diese schlechten Zeiten so schnell in Vergessenheit geraten, haben sie doch gelehrt, zufrieden zu sein mit dem, was man hat!

Der tägliche Trott

Trotz aller Schnellebigkeit dieser Zeit gibt es ab und an einen Punkt, da stellt man fest, alles tritt eigentlich auf der Stelle. Mit anderen Worten:
Es wird einem richtig bewußt, wie täglicher „Trott" uns abstumpft, voll regiert.
Das heißt, jeden Tag um die gleiche Zeit aufstehen, die Tassen auf den Tisch stellen und während wir die Zähne putzen, den Kaffee durch die Maschine laufen lassen. Frühstücken, flugs den Mantel anziehen, den Hund kurz „Gassi" führen, arbeiten, einkaufen, hier und da ein Schwätzchen, vielleicht am Abend noch ein Stündchen vor der Glotze.
Und aus!
Ist solch ein Tag gelebt, ist man zwar zufrieden, doch blubbern trotz allem kurz vor dem Einschlafen bunte Seifenblasen in uns auf, wie man es gern noch besser, interessanter oder abwechslungsreicher haben möchte.
Doch wehe, wenn am nächsten Morgen unser angeblich langweiliger „Trott" aus dem Gleichgewicht gerät.
Alles schien wie gewohnt:
Der Wecker klingelte, Tassen, Zahnpasta, Kaffee, alles lief völlig normal. Als ich jedoch die Hundeleine vom Haken nahm, sprang mein „Attila" nicht wie gewohnt aus seinem Korb, um unter freudigem Gebell mit mir in den Wald zu laufen.
Ganz leicht und mich traurig anblickend hob er seinen Kopf - er konnte nicht!
Anfangs wollte ich nicht ganz begreifen, aber selbst aufmunterndes Klappern mit der Leine konnte ihn zu keinem Schritt bewegen.

Ich ging hin, hob ihn leicht an, umsonst. Scheinbar gehorchten ihm seine Beine nicht mehr!

Pure Verzweiflung packte mich!

Es half nichts, ich mußte den Tierarzt rufen.

Er schaute sich meinen treuen Freund gründlich an.

Die Diagnose war niederschmetternd.

„Es geht mit ihm zu Ende!"

In solchen Augenblicken meint man den Boden unter den Füßen zu verlieren. Werden wir vom Schmerz fast erstickt!

„Gibt es denn keine Hilfe", flehte ich.

Selbst traurig darüber, schüttelte er nur den Kopf.

In solchen Augenblicken purzeln all diese dummen Seifenblasen aus unseren Hirnzellen heraus und zerplatzen nutzlos auf dem Boden trauriger Tatsachen.

Plötzlich wird der sonst unbedeutende tägliche „Trott" zum Tal der Sehnsucht, erscheint in güldenem Licht.

Alle irdischen Forderungen schnurren auf den einen Punkt zurück, das Leben möge doch wieder werden, wie es gestern in seiner leise vor sich hintröpfelnden Normalität für uns war.

Auf jeden Fall nimmt man sich vor, zukünftig mit dem alltäglichen „Trott" etwas liebevoller umzugehen. Denn auch im angeblich grauen Alltag liegt viel Schönes.

Man muß es nur sehen – und dankbar dafür sein.

Ein Augenblick der Stille

Zu keiner Jahreszeit ist das Grün kräftiger, blühen die Blumen leuchtender als im Wonnemonat Mai.

Deshalb gilt diese Zeit als absoluter Neubeginn.

Da werden Pläne geschmiedet, denn Zukunft ist das große Wort des Lebens. Angesichts der Pflanzenpracht sind wir, hungrig vom trüben Winter, auf Lebensfreude eingestellt und erinnern uns keinesfalls gern an den Tod. Doch wenn bei uns im Dorf früh um 8 Uhr die Kirchenglocken läuten, wissen alle, irgendjemand ist gestorben!

„Wer ist es diesmal?"

Spätestens beim Einkauf hört man, „wer"!

In einem kleinen Dorf wie dem meinen kennt schließlich jeder Jeden. Und wenn sonst alle emsig ihrer Arbeit nachgehen, spätestens dann, wenn die Glocken zur Beerdigung rufen, schweigen die Traktoren, schmilzt das gesamte Dorf zu einer Familie zusammen.

Als wäre sämtliches Geschehen auf einen Punkt gesetzt, haben plötzlich alle Zeit!

Wie an jenem Tag.

Um zwei Uhr war die Beerdigung angesagt. Bereits eine halbe Stunde vorher formierte sich ein langgezogener Strom schwarzgekleideter Menschen, vorbei an blumenübersäten Wiesen, in Richtung Friedhof. Bei strahlend blauem Himmel machte auch ich mich auf den Weg. Die Sonne meinte es gut, stach tückisch durch die schwarze Bluse und brannte bis auf die Haut.

Während ich die Straße entlangging, traten die Nachbarn ebenfalls aus ihren Häusern. „Wie geht's?" fragte man einander leise und setzte sich wortkarg in Bewegung.

Bilder der Vergangenheit, wie ich das letzte Mal mit dem Verstorbenen sprach, begleiteten mich auf dem Weg hin zum Gottesacker. Eine große Gruppe Menschen hatte sich bereits schweigend vor der Kapelle versammelt. Wir stellten uns fast unmerklich leise dazu. Und während die Vögel fröhlich zwitschernd ihre Melodien über die vor Leben pulsierende Landschaft schmetterten, standen mehrere hundert Menschen still, in absolutem Schweigen verharrend.

Losgelöst aus täglichem Einerlei hielt man inne.

Vielleicht streifte mancher Gedanke beim Anblick des blumengeschmückten Sarges auch das eigene Leben. Überlegungen, ob man alles richtig macht, wurden gerade in solch einem Augenblick wach. Vielleicht formte sich für manchen ein ganz neuer Lebensvorsatz, wie beispielsweise jeden Tag intensiver zu leben. So daß aus diesem Ende unmerklich neuer Beginn erwuchs. Während jeder stumm für sich betete, spielte ein leichter Wind übermütig mit den schwarzen Kleidern, als könnte er die plötzliche Ruhe der Leute nicht verstehen.

Wir sind schon komische Geschöpfe, wir wissen alle um unser Ende, doch erst wenn der Tod knallhart vor Augen steht, sind wir bereit, alle Zwänge und Ansprüche wenigstens für Augenblicke loszulassen. Aber solche Besinnlichkeit hält in der Regel nicht lange an.

Kaum sind die ersten Schippchen Erde auf den Sarg herniedergepoltert, drehen alle auf dem Absatz um und flitzen eiligst zum sogenannten Beerdigungskaffee, um einen guten Platz zu ergattern.

Wenige Meter vom Grab entfernt putzt man schnell letzte Tränen weg, um bald fröhlich plaudernd neueste Nachrichten auszutauschen.

Man fühlt sich plötzlich quietschlebendig und atmet auf! „Tja, so schnell kann's gehen!“ oder „Nun, das Leben geht weiter!“ sind sehr beliebte Sätze.

„Hallo, wir leben noch!“ möchte man eigentlich schreien. Allerdings packt einen die pure Lebensfreude beim Anblick der übervollen Tische mit duftendem Streusel- und Butterkuchen, wie zu einer Geburtstagsfeier. Kaffee wird eingeschenkt und zarter Hefekuchen zergeht auf der Zunge. Die Gespräche werden immer lauter und beinahe vergißt man den traurigen Anlaß der Zusammenkunft.

Hier und da ein Lacher.

Schon ist das Leben wieder in vollem Gange.

Mit hochroten Wangen vom heißen Kaffee muß ich feststellen, ich habe mich in dieser Gemeinschaft richtig wohl gefühlt.

Denn irgendwie schwebt über diesem Erleben ein Hauch von Zusammengehörigkeit, niemand ist allein. Vielleicht deshalb fühle ich mich in diesem Dorf so geborgen.

Sommer

Urlaub,
welch eine Lebenssause
viele verreisen
Kluge
bleiben zu Hause

Zauberwort Ferien

Als junges Mädel, hatte ich einen großen Kalender, das gesamte Jahr auf einen Blick, über meinem Bett hängen. Damals hatte ich nur wenige Termine, und deshalb blieb er so gut wie leer. Denn jeden Tag „Schule um acht Uhr“ einzutragen, war mir zu müßig.

Dafür prangte in großen Lettern mehrmals:

„F E R I E N“, auf ihm.

Wenn ich ganz ehrlich bin, waren mir die Ferien das Wichtigste an der ganzen Schule. Das Wort Ferien verknüpfte ich mit dem Wort Freiheit. Und Freiheit bedeutete, morgens nicht aufstehen zu müssen, nicht in die Schule gehen, keine Hausaufgaben machen, einfach nur den Tag verbringen, wie ich wollte.

Die großen Ferien erschienen mir deshalb wie eine andere Welt, denn am Anfang der sechs Wochen war ich voll der Meinung, nun hätte ich alle Zeit des Lebens. Aber sechs Wochen sind kurz, besonders dann, wenn man tausend Sachen hineinpackt. Und wenn für vier Wochen eine Reise anstand, dann blieben eh' nur vierzehn Tage, um die Dinge zu Hause zu tun, die man sonst nicht schaffte.

Schon befand ich mich im dicksten Ferienstreß!

Unternehmungen mit den Schulfreundinnen, wie: „Dann können wir ja mal eine Sommerparty planen, oder wir fahren zusammen in den Vergnügungspark oder machen mal dies und das zusammen“, fielen sowieso flach. Weil Irmtraud gleich am Anfang in die Berge düste, Karin in der Mitte an die See fuhr und ich die letzten vier Wochen mit den Eltern eine Rundreise mit dem Fahrrad startete.

Schon war es aus mit dem riesigen Freiraum, der sich eigentlich da vor mir ausbreiten sollte.

Zumal die Tage vor der Reise mit emsigen Vorbereitungen gespickt waren. Schließlich mußte vieles eingekauft werden, wie Wettermäntel, Sonnenhüte, Regenschirme und Bommelmützen. Das mußte sein, damit man auch allen Witterungsbedingungen im Bedarfsfalle standhielt. Mindestens drei, vier Tage nahmen solche Vorbereitungen in Anspruch.

Dann lauerte noch dieser Vorsatz, in den vielgelobten Ferien mein Zimmer aufzuräumen.

Wieder drei Tage futsch!

Ganz zu schweigen, wie sich Mutter freute, daß ich keine Schule hatte, in der Hoffnung, daß ich ihr helfen würde.

Hier entwickelte ich vortreffliche Techniken, mich zu drücken und auf leisen Sohlen wegzuschleichen.

Somit schrumpfte meine „Freiheit" auf die Tatsache zusammen, daß ich morgens ausschlafen durfte.

Doch auch das blieb nicht immer gesichert, denn wenn ich mich gerade kuschelig auf die andere Seite wälzen wollte, fand der Hund es toll, daß ich zur Verfügung stand. Wenn Mutter mal ganz zufällig meine Zimmertüre öffnete, um zu sehen, ob ich noch schlief, sprang der Lauselümmel fröhlich in mein Bett, und ich mußte raus an die frische Luft.

Aber schließlich ging es ja vier Wochen lang auf Reisen. Wer nun meint, daß wegen der fehlenden „häuslichen" Pflichten das Paradies auf Erden nahte, irrt.

Denn nach Auffassung meines Vaters galt der Satz:

Reisen verpflichtet!

Was hieß, wenn schon in einem anderen Ort oder einem anderen Land, dann hatte man zu schauen, was es zu schauen gab. Und das wiederum hieß bei ihm laufen, soweit die Füße trugen!

Zwanzig bis dreißig Kilometer am Tag galten als heilige Pflicht. Deshalb sank abends die gesamte Familie mit Blasen an den Füßen und völlig ermattet in die Betten.

Trotzdem habe ich mich stets am Ende jeglicher Ferien schon gleich wieder auf die nächsten gefreut, wenn ich mich auch anfangs in der Schule erst vom Ferienstreß erholen mußte!

Ein „kleines“ Helles bitte...

Aus welchem Grund auch immer gibt es für den Menschen keine größere Freude, wenn sich der Sommer recht gründlich von der Sonnenseite zeigt, als draußen zu speisen und zu trinken. Vielleicht aus diesem Empfinden heraus konnte auch ich nicht an den Stühlen und buntbedeckten Tischen bei meinem Stadtbummel vorbeigehen. Zudem war es so heiß, daß ich förmlich nach einer Erfrischung lechzte.
„Eine Berliner Weiße mit Schuß“, bat ich die Kellnerin.
„Rot oder grün“, wollte sie genauer wissen.
„Grün ist die Hoffnung, deshalb grün bitte!“
„Also mit Waldmeister!“
„Nun, wenn's recht ist...“
Gerade als sie losflitzen wollte, meldete sich eine kleine, ältere Dame in hübschem kleingeblümten Sommerkleid mit blütenweißem Krägelchen am Nachbartisch:
„Mir bitte ein kleines Helles, Fräulein!“
„Draußen gibt's nur große Gläser!“
Belehrte die Bedienung patzig.
„Möchten Sie Blitzburger, Krumberger, Ratzeburger, Weizen, Pils oder Alt?“
„Ein kleines Helles Fräulein, sonst nichts! Gibt es das nicht mehr? Ich war lange nicht in einer Gastwirtschaft.

Sie müssen wissen, ich mußte heute hier zum Doktor wegen meiner Beine. Das heißt, es sind eher die Knie. Insbesondere beim Treppensteigen habe ich große Schmerzen, zwei Treppen und schon muß ich eine Pause machen. Kein Wunder man hat ja auch all die Jahre zu schwer arbeiten müssen und jetzt tragen sie einen nicht mehr, die Beine. Bin mit dem Bus gefahren, in zwei Stunden muß ich wieder heim!"

„Was darf ich Ihnen denn nun bringen", die hart gestreßte Kellnerin zeigte wenig Interesse an den medizinischen Ausführungen dieser Person. Ungeduldig trat sie von einem Bein auf das andere und drehte nervös die Getränkekarten rundherum in ihren Händen.

„Ein kleines Helles bitte!" schwebte beharrlich dieser Wunsch durch die flimmernde Mittagshitze.

„Hallo Fräulein, wo bleibt unser Essen", drängelten andere Gäste.

„Komme sofort! Also nun, möchten Sie ein Bier oder etwas anderes?"

"Ein kleines Helles bitte!"

Die Kellnerin verdrehte genervt die Augen und rauschte von dannen.

Kurze Zeit später wurde das Bier, honiggelb mit fast spitzer Schaumkrone, serviert, es war riesengroß, so daß die kleine Frau nicht darüber hinweggucken konnte.

Schweigend nahm sie den gewaltigen Humpen in beide Hände und trank ihn genüßlich Schluck für Schluck bis zur Hälfte aus.

„Fräulein, zahlen bitte", rief sie alsbald nach der Kellnerin, „ich muß los, mein Bus fährt gleich. Was bekommen Sie?"

"Drei Mark", meinte diese eilig, denn die anderen Gäste hielten sie ganz schön in Trab.

„Drei Mark", wiederholte die Dame mit dem Bier, „dann sind das eine Mark, zehn, zwanzig, dreißig, vierzig, fünfzig. Sehen Sie, ich vertrage nur ein kleines Helles, habe

nur die Hälfte von dem großen geschafft!“ Dabei strahlte sie die verdutzte Kellnerin mit großen graublauen Augen zauberhaft lächelnd an.
Dann legte sie noch einen Groschen zusätzlich auf den Tisch:
„Der ist für Sie. Nun muß ich aber los, sonst verpasse ich den Bus!“
Eilig kramte sie ihre sieben Sachen zusammen und entfernte sich mit wehendem Rock.
Die Kellnerin blieb wie angewurzelt stehen und schaute ihr trotz Hochbetrieb noch lange mit leicht geöffnetem Mund hinterher.

Leckere Hühnersuppe...

„Was, ihr habt in unserer Nähe zu tun gehabt und seid nicht vorbeigekommen?“
Wie oft hört man solch ehrlich gemeinte nachträgliche Einladungen.
„Wir hätten es uns bei Kaffee und Kuchen gemütlich gemacht!“
In schönsten Ausschmückungen werden dann die Dinge präsentiert, die man verpaßt hat.
Vielleicht deshalb habe ich einfach mal so eine Einladung wahrgenommen.
Mein Weg führte mich in den kühlen Norden, bei schönstem Sommerwetter stieg ich ins Auto und sauste los. Anfangs genoß ich die Fahrt auf der Autobahn, doch kurze

Zeit später fand ich mich in sintflutartigen Regenfällen wieder. Langsam wie eine Schnecke arbeitete ich mich voran. Meine Scheibenwischer wurden mit den Wassermassen kaum fertig, wenn ich an einem Lastwagen vorüberfuhr, fühlte ich mich wie in einer sprühenden Fontäne. Es wurde schlimm und schlimmer. Mit einem Boot wäre ich sicher schneller vorwärtsgekommen.
„Kiel", nächste Abfahrt signalisierte ein großes Schild, da klangen mir die fröhlichen Worte meiner Freundin Evelin im Ohr:
„Wenn ihr mal in der Nähe seid, dann kommt vorbei. Wir sind einfach zu finden. Erste Abfahrt runter, dann rechts und gleich die zweite Straße links."
Ich tat's, von der Schwimmerei auf überfluteten Straßen hatte ich die Nase voll. „Biegenstraße drei ...": Auch das hatte ich behalten. Tatsächlich - gleich um die Ecke leuchtete eine bauchige, goldene Drei.
Vom Haus war nichts zu erkennen, ein hoher Zaun verbarg, was ich gern sehen wollte.
Als ich auf das Tor zuging, wunderte ich mich über die vielen weißen Federn die überall pitschnaß herumklebten. Beim Näherkommen hörte ich trotz laut prasselndem Regen, der mich sekundenschnell durchnäßte, fürchterliches Gezeter und Gejammer.
Ich klingelte, aber niemand hörte mich. Ich klingelte abermals, diesmal sehr dringlich, denn der Regen lief mir bereits in die Schuhe.
„Wenn du das noch einmal machst, bringe ich dich um", schrie plötzlich jemand vollkommen hysterisch.
Ich sprang ein paar Schritte zurück!
„Furchtbar, entsetzlich, widerlich", steigerte sich diese Stimme in schrillen, spitzen Schreien, „scher dich weg und komm nie wieder!"
Das war ja ein feiner Empfang!
Bevor die ersten Messer durch die Gegend flogen, wollte

ich schnell flüchten, doch da... wurde das Tor weit aufgerissen.

Welch ein Anblick:

In dem kleinen Innenhof lagen sieben weiße, zerknautschte, blutverschmierte Hühner, mausetot! Mitten in der Bescherung saß, völlig unschuldig dreinblickend, ein drahtiger Terrier mit dem kernigen Namen „Bomber".

„Dich schickt der Himmel", fiel mir Freundin Evelin laut schluchzend um den Hals. Stockend und unter Bächen von Tränen schilderte sie die „fedrige" Tragödie.

Wie ein Geschoß muß „Bomber" in den nachbarlichen Hühnerhof eingeschlagen sein. Denn energiegeladen war er in dem „Geflügelgehege" hin- und hergeflitzt, so daß alle Hennen um ihr Leben rannten. Ab und an hatte er dabei ein paar von ihnen, nur mal so zum Spaß, derbe geschüttelt. Aber leider haben die zarten Dinger überhaupt nichts ausgehalten und gleich vor Schreck ihr Leben ausgehaucht.

Bomber war begeistert, Federn flogen, Hühner wirbelten wie Propeller durch die Lüfte, es war das reinste Feuerwerk. Je schneller er rannte, um so mehr Bewegung kam in den Laden. Stundenlang hätte er dieses Spiel fortsetzen können, wenn ihn da nicht jemand recht schmerzhaft am Nacken gepackt hätte. Hoch im Bogen flog er, ähnlich wie seine gefiederten Freunde, durch die Luft und landete jenseits des Gatters unsanft auf dem Bauch.

Ganz schön fertig von dieser Jagd war er gemächlich heimwärts getrottet.

Der wutschnaubende Nachbar hatte vor wenigen Sekunden die leblosen „Opfer" vor die Tür geworfen und mit den Worten: „Ich hoffe, Ihr Hund ist versichert" die Schandtaten von Bomber aufgedeckt.

Bomber machte sich während dieser Berichterstattung platt wie eine Flunder und schaute ungerührt seinem lamentierenden Frauchen zu.

Am Schluß hielt sie mir eines der „Fetzenhühner“ entgegen.
Eine Weile weinte ich mit ihr, aber dann wandte ich mich der praktischen Seite zu, denn bei näherer Betrachtung konnte man mit Sicherheit noch einiges vom „Federvieh“ gebrauchen. Also rupften und zupften wir die verbliebenen Federn aus, und siehe da, bald schwammen die nackten „Vögel“ in einer gut gewürzten Brühe zwischen Lauch und Rüben ...
„Hast ja Recht“, meinte Evelin schon etwas ruhiger, „bezahlen muß ich sie so oder so!“
Bei der feuchtkalten Witterung tat eine heiße Suppe mit Sicherheit gut und würde die zerrütteten Nerven wieder stärken.
Aus dem Fleisch hat Evelin dann schnell noch leckeres Frikassee‘ gezaubert, Bomber hat sogar ein winziges Stück naschen dürfen.
Welch ein Fest!
Frisch gestärkt und mit zwei Frischfleischhühnchen in der Tasche setzte ich erst nach vielen Stunden meine Reise fort. Als irgendwann in sanften Wellenbewegungen eine kleine weiße Feder durch das Auto schwebte, mußte ich lachen.
Man sollte Einladungen wirklich öfter annehmen!

Bitte ein Zimmer mit Frühstück!

Urlaub ist zur Sommerzeit das Thema Nummer eins in vielen Familien und Zweisamkeiten. Alle Welt braucht mal Tapetenwechsel und strebt danach, ihn in der weiten Welt zu finden.

Kataloge, Informationen und Broschüren flattern ins Haus und werden gierig hin und hergewälzt.

„Wann, wie, wohin? Mit Vollpension, Halbpension oder nur Frühstück“, sind da die großen Fragen.

Viele Menschen drehen allerdings gleich schreiend durch, wenn die Aussicht besteht, ein Appartement zu mieten. Mit gutem Grund, denn es droht doch die Gefahr, den schnöden Alltag mit ins Paradies zu nehmen.

Solche Aufenthalte mausern sich meistens zu einem Familienversorgungstrott mit Strandanschluß. Viele Männer, Mütter, Frauen, Väter, Kinder und Enkel werden jetzt nicken.

Irgend ein „Dussel“ bleibt nämlich auf der Arbeit sitzen, entsandet still zerknitterte Handtücher, hängt nasse Badehosen auf und räumt alles weg, während der Rest der Truppe, erschöpft vom Strandleben vor dem Fernseher hängt.

Überhaupt kann es passieren, wenn man sich in Diskussionen über Badbenutzungen, Brötchendienste und Mülleimerentleerungen verbeißt, daß plötzlich an dem azurblauen Himmel schwarze Wolken baumeln. Zusätzlich lauern handfeste Auseinandersetzungen und vielleicht sogar der Hungertod, wenn keines der Familienmitglieder den Wunsch verspürt, in einem überfüllten spanischen Supermarkt herumzukrabbeln.

Jeder macht energisch deutlich: „Ich habe Urlaub!"
Wie ein Echo läuft es durch die familiären Reihen:
„Ich auch, ich auch, ich auch!"
Basta!
Entweder zerfällt die Truppe dann in viele kleine maulende Einzelwesen und jeder geht zielstrebig in eine andere Richtung oder es gibt einen klugen Vater, der die Familienbande spontan kittet mit dem Ruf:
„Ich lade euch zum Essen ein!"
Nachdem bei einer solchen Botschaft alle begeistert aufspringen und sich zwecks Versöhnung drücken und küssen, taucht gleich das nächste Problem auf:
„Ich schlage vor, wir gehen zum Griechen!"
„Nein, dann stinken wir alle so gräßlich nach Knoblauch. Lieber zum Italiener!"
„Nee, Spaghetti gibt es eh schon siebenmal die Woche. Pizza kann ich nicht mehr sehen. Kinder wenn wir schon in Spanien sind, laßt uns landestypisch essen!"
„Landestypisch? Was ist das? Fang an europäisch zu denken, wo es hier an jeder Ecke weltweite Spezialitäten gibt! Ich habe gehört, der Chinese soll ausgezeichnet sein!"
„Ich brauche mal nen ordentliches Stück Fleisch, so'n Wiener, oder Jägerschnitzel, wie zu Hause!"
Solche Auseinandersetzungen gibt es überall, gab es auch in unserer Familie. Manche dauerten derart lange, da hatten die Lokale inzwischen geschlossen.
In diesen speziellen Fällen hat meine Mutter die Pfanne auf den Herd gestellt, aus den restlichen Kartoffeln Bratkartoffeln gezaubert, dazu ein paar Spiegeleier und alle wurden satt.
Und weil zuviel Alltag in den Ferien abgehandelt wurde, fahren wir immer in eine Pension mit Frühstück und warmem Abendbrot.
Seitdem gibt es nur noch Streit darüber, ob wir abends Halma oder Kanaster spielen...

Kluge Fliegen!

Laut Darwinscher Lehre soll alles Leben irgendwann aus einer winzigen, glibberigen Masse, der Urzelle, entstanden sein. Der Mensch hat angeblich dabei die höchste Entwicklung genommen, heißt es.
Vielleicht, weil er allein nur in der Lage ist, Computer zu bedienen und Autos zu bauen, die fahren können, aber meistens im Stau stehen!
Dermaßen hoch soll seine Entwicklung sein, daß er sogar auf den Selbsterhaltungstrieb verzichtet. Denn hat er doch besonders in den letzten Jahrzehnten derart raffinierte Waffen entwickelt, die ihm ermöglichten, schon morgen, so etwa gegen Mittag, per Knopfdruck die ganze Menschheit zu vernichten.
Die gemeine Stubenfliege dagegen hat offenbar die letzten Jahre besser genutzt und scheint mir viel klüger als der Mensch!
Ich bin von ihr stark beeindruckt, denn ihr Selbsterhaltungstrieb ist höchstgradig entwickelt. Die derzeitige Fliege ist nämlich nach neuesten Erkenntnissen vollkommen resistent, was herkömmliche Insektensprays anbelangt.
So fliegt sie doch fröhlich summend mitten durch dickste Giftsprühwolken, während der Mensch hustend und keuchend über dem Geländer hängt.
Auch Leimbänder, die früher in jeder Küche mit vielen kleinen zappelnden Opfern vollhingen, bleiben leer. Die Fliege umfliegt sie, ignoriert sie, sie nützen nichts.
Der geplagten Menschheit bleibt nur die altbewährte „Klatsche".

Ein grausames Gerät, das Kraft und Aggressivität des Benutzers voraussetzt.

Als ich gestern festentschlossen danach griff, weil ein besonders dickes Exemplar gerade frech auf meinem Tellerrand balancierte, mußte ich feststellen, daß Schnelligkeit und Wendigkeit dieser Minikreatur bis ins letzte verfeinert wurden.

Dabei hatte ich meinen Angriff ruhig und gezielt vorbereitet.

Mein Plan:

Anschleichen, kurz und heftig zuschlagen! Patsch!

Denkste, nicht getroffen! Lediglich die dort abgestellten Tassen begannen gefährlich zu scheppern.

Flink hechtete ich hinterher, schlug zu, selbstverständlich erst, als das Tier die Fensterscheibe raufkrabbelte.

Sicher war ich abgelenkt, weil ich dabei darüber nachdachte, diese Scheibe zu putzen, denn etliche Fliegenkleckse hatten bereits ein interessantes Pünktchenmuster auf ihr hinterlassen.

Wiederum kein Treffer!

Diese Fliege war geradezu das Musterbeispiel der Fliegenentwicklung, denn unbeirrt drehte sie in einem Affenzahn Runde für Runde durch die Küche, um sich irgendwann ganz plötzlich, auf der Fensterbank niederzulassen.

Ich war begeistert!

Geduckt wie ein Panther schlich ich an sie heran.

Wie in Zeitlupe, mit vollster Konzentration steuerte ich die Klatsche in Richtung Opfer, um dann kurz den Schlag auszuführen.

Vorbei, die Fliege war schneller, sie flog auf und drehte erneut ihre „Sauserunden“, so schnell, daß ich sie mit bloßem Auge kaum erkennen konnte.

Ich gestehe, allmählich kroch brausender Unmut, ein bißchen Wut, blanker Ärger in mir hoch.

Schließlich hatte ich wichtigere Dinge zu tun, als hinter einer Fliege herzuhopsen.
Also wurden meine Angriffe unkontrollierter, hektischer. Schließlich verfiel ich in blindes „immer nur drauf". Ich schlug, sprang und peitschte wie ein wildgewordenes Rumpelstilzchen um mich herum.
Es war wie eine Art Fliegentennis:
Vorhand, Rückhand, einmal landete ich gar einen Volley. Dabei erwischte ich die „Brumme" am Hinterbein.
Doch aller Einsatz blieb vergeblich. Sie, die Fliege, kam zwar ein bißchen ins Schlingern, nahm aber flink ihren Flug wieder auf. Sie wurde immer schneller, mir wurde schwindelig. Völlig aus der Puste gab ich auf!
Welch ein zähes Luder!
Mir wurde klar, sie wollte überleben!
Dann sollte sie!
Eine Weile wohnte sie noch in meiner Küche, naschte überall herum, lief an den Fenstern rauf und runter und summte und brummte mir frech am Ohr vorbei.
Ich gestehe, daß es mich ab und an reizte, diese Zutraulichkeit auszunutzen und nach der Klatsche zu greifen.
Aus irgendeinem unerfindlichen Grund tat ich es nicht.
Irgendwann habe ich Türen und Fenster geöffnet und sie einfach nach draußen geschickt...

Haltet den Darm warm

Die Verdauung ist normalerweise kein Thema!
Insbesondere was „Unwohlsein“ in der unteren Bauchregion anbelangt: davon spricht man nicht!
Über Blähungen schon gar nicht!
Denn wem im falschen Augenblick eine solche deutlich hörbar entweicht, der handelt sich böse Blicke ein.
Selbst wenn oft an stillen Örtchen, auf bunt bemalten Brettchen, munter dazu aufgefordert wird:
„Wenn's Arscherl brummt ist's Herzerl gesund!“
So ist diese Art, Ausdruck über das Wohlbefinden abzugeben, trotzdem nicht gesellschaftsfähig.
Im Knigge ist dieses Kapitel mit reichlich Ausrufezeichen versehen und ist schlimmstenfalls ganz heimlich erlaubt. Da aber meist die dabei entstehenden „Düfte“ nicht unbemerkt vorüberziehen, zählt solch ein „Pups“ zur schlimmsten Art der Entgleisung.
Die mitunter kräftig landwirtschaftliche Duftnote paßt nämlich nicht zu einer erlesenen Gesellschaft, sie verschreckt Gäste, Fliegen fallen von der Wand und Blumen senken ihre Köpfe. Deshalb kehrt man solche Art menschlicher „Fähigkeit“ wohl besser unter den Tisch.
Auch ich hätte nie gewagt, darüber zu sprechen, wenn mir nicht in letzter Zeit aufgefallen wäre, daß der Darm gewaltig ins Gespräch gekommen ist.
Denn er ist seltsamerweise in den Mittelpunkt heimischer Fitnessprogramme gerückt.
Bei der verzweifelten Suche nach körperlicher Energie hat man sich nach Yoga, Akupressur, Reiki und vielen esoterischen Konzentrationspraktiken neuerdings an den guten

alten Darm erinnert. Zwar wird schon seit Urzeiten, in vielen Religionen verankert, regelmäßiges Fasten empfohlen, doch kaum ein Mensch fand sich freiwillig dazu bereit, schon gar nicht in Zeiten materieller Fülle.
Dabei sollen einem übermenschliche Kräfte wachsen, wenn man dem Darm ein, zwei Wochen „Pause" gönnt. Immer mehr Energiefans motten inzwischen ihre Hanteln, Springseilchen und anderen Foltergeräte ein und verbarrikadieren sich zu einer gründlichen „Entleerung" auf dem Klo.
Anschließend verweigern diese tapferen Menschen mehrere Wochen jeden Happen Nahrung. Und ohne einen einzigen Tropfen Schweiß zu vergießen, laufen sie zu ungeahnter Hochform auf.
Literweise schütten sie Wasser in sich hinein und schwemmen alle Gifte aus den Körperzellen.
Diese innere Reinheit gibt den Gelenken Schwung und Schliff. Anschließend noch ein Schöppchen „Meister Proper" und sie können sich in der eigenen Darmwand spiegeln.
Ich weiß, mich beißt der blanke Neid!
Voller Achtung schaue ich zu den Leuten auf, die zu einem solch disziplinierten Verhalten fähig sind.
Ich kriegte das nicht auf die Reihe, denn das hieße keine ausgedehnten Frühstücke, kein gemütliches Essen, schon gar nicht beim Chinesen oder Italiener. Kein Kaffeekränzchen und beim Kartenspielen gäbe es nur noch klares Wasser und keine Chips.
Hier gilt nun mal der alte Satz, wer schön sein will muß leiden!
Allerdings ist mir aufgefallen, daß dicke, satte Menschen immer fröhlich und gemütlich sind.
Ich zähle zu ihnen!

Ein Liebestöter muß her...

Manchmal stimmen Jahreszeit und Wirklichkeit wahrhaftig nicht überein. Und damit wären wir auch schon beim Thema: eigentlich dem zweitbeliebtesten dieser Menschheit - dem Wetter!

Selbst mit Leuten, zu denen man keinen so heißen Draht hat, läßt sich über dieses Naturereignis jederzeit ausgiebig plaudern. Auf diplomatische Art dringt man über das tägliche „Hallo!“ und das obligatorische „Wie geht's!“ tiefer in die Seelen der Gesprächspartner ein, besonders wenn man sein Herz auf den Tisch legt und deftig übers Wetter wettert.

Aber was soll man machen, wenn Sommeranfang auf dem Kalender steht, und alle Sämereien nur zaghaft kleine Blättchen durch die Erde stecken und die neuen Sommerkleider unbeachtet im dunklen Schrank vergammeln? Da kann man ganz schön ungeduldig werden. Und weil sich die Keime meiner Saat kaum an den Ohren aus dem Boden ziehen ließen, hatte ich mich entschlossen, trotz Kälte meine luftigen Kleider herzuzeigen.

Vielleicht wurde auch plötzlich lange verschüttetes Erbgut in mir wach, denn schon mein Onkel Paul hatte seine Kleiderordnung total am Kalender ausgerichtet:

Stand „Sommeranfang“ auf dem Programm, mottete er die langen Unterhosen ein und nahm die Shorts vom Haken. Wie oft hat er sich dabei einen „Bibbes“ weggeholt, denn auch schon „früher“ hatten die Sommer ihre kalten Tücken!

Ich hingegen hatte mich für eine körperfreundliche Kombination entschlossen; Sommerkleider als Außenhaut und darunter gut verpackt.

Deshalb bin ich in einen Wäscheladen gegangen:
„Guten Tag, ich hätte gerne einen 'Liebestöter'!"
„Einen was?" fragte die Verkäuferin.
„Na eine große, dicke, warme Unterhose mit etwas längeren Beinen!"
„Ach so," Man hatte verstanden und führte mich zu einem Ständer mit zarten duftigen Gebilden aus Spitze, die nur andeutungsweise einen winzigen Beinansatz zeigten.
„Nein, zu fein, zu dünn, dicker und viel viel größer müssen sie sein!" Dabei breitete ich deutlich meine Arme aus.
„Größer?" Eine neue Kollektion wurde mir präsentiert, feinste Ware und über und über mit Spitzen besetzt.
„O nein", wehrte ich ab. „So richtig was aus Wolle, ganz schlicht! Kennen sie nicht die Reklame, die sich auf Klima reimt!" Ich trällerte fröhlich:
„Wie das Wetter wird in unserem Klima ..."
Die Verkäuferin musterte mich ungläubig:
„Das ist aber mehr was für das fortgeschrittene Alter!"
Machte sie mich wohlwollend flüstern aufmerksam.
Es war rührend, wie behutsam sie mit mir umging.
„Nun, ganz die Jüngste bin ich ja auch nicht mehr!"
Mutig griff sie ins Regal und legte ein quadratisch, riesiges Hosengebilde auf den Tisch.
Es war ein ordentlicher Apparat, mit langen Beinen, die bequem bis in die Kniekehlen reichten.
Ich war begeistert!
„Genau die ist es, die nehme ich!"
„Aber wir haben doch Sommer", bemerkte die treue Seele noch einmal fast flehend.
„Aber es ist bitterkalt!" ergänzte ich ihre Feststellung.
„Da haben Sie recht, es ist zu kalt für diese Jahreszeit!"
Also weihte ich sie in mein Geheimnis ein:
"Sehen Sie, deshalb kleide ich mich außen chic, und von unten her warm und mollig - da kann der Sommer meinetwegen machen, was er will!

Ein kleines Stück Freiheit...

Frühstücken sollte der Mensch jeden Morgen, üppig und reichhaltig wie ein „Kaiser“, sagt der Volksmund.
Niemand wäre abgeneigt, diese Regel zu befolgen.
Doch da der größte Teil unserer Bevölkerung das „Brot“ im Schweiße seines Angesichts verdient und dafür recht früh am Arbeitsplatz erscheinen muß, klaffen Wunsch und Wirklichkeit weit auseinander.
Schließlich befinden sich die meisten Menschen bei dieser Mahlzeit „kurz nach Sonnenaufgang“ in permanentem Zeitdruck.
Manchmal ist die Zeit derart knapp bemessen, daß es nur für eine hektische Esserei im Stehen reicht.
Hamsterähnlich werden Brot und Schinken in die Backen gestopft und Kaffee oder Tee wie Wasser in den Hals geschüttet. Schlimmstenfalls schlüpft man mit der linken Hand bereits in den Mantel, während die rechte mühselig das kleckernde Marmeladenbrötchen balanciert.
Zu heißer Kaffee bleibt stehen, weil man sich sonst den Mund verbrennt.
Jeder Ernährungswissenschaftler würde bei solchem Anblick verzweifelt in Statistiken und Ernährungspläne beißen.
Mitunter klappt aber morgens gar nichts mehr und jener „Arbeitsmensch“ treibt sich mit knurrendem Magen auf deutschen Landstraßen herum.
Streßgeprügelt gelingt es diesem Wesen vielleicht gegen Mittag, etwas zwischen die Zähne zu bekommen.
Doch wie anders gestaltet sich das Frühstück am sogenannt heiligen Wochenende, wenn die Stunde des Erwachens individuell gewählt werden kann.

Welch ein Gefühl, lässig leicht in „Puschen" und Bademantel an den Tisch zu schlurfen, um in aller Ruhe den Kaffee einzunehmen. Seelenruhig wird das Frischei vom Lande geköpft und während Scheibe für Scheibe im Toaster schmurgelt, wird Zeile für Zeile die Zeitung studiert.
Sekundenschnell ist aller Zwang des Alltags meilenweit verbannt. Büros, Autos und Straßenbahnen sind völlig unbekannt in dieser heilen Frühstückswelt.
Die einzige Frage die uns in solchen Augenblicken quält ist die, ob man Schinken, Käse oder Marmelade auf das knackfrische Brötchen legt.
Welch wundersame Weite tut sich auf, denn ein herrlich freier Sonntag liegt gemütlich lang, voller Sorglosigkeit vor uns, mit einem ebenso geruhsamen Frühstück.
Und „peng" haben wir uns daran gewöhnt und träumen davon, daß dieses Wochenende niemals enden würde.
Das wäre zwar schön, doch mit Sicherheit auf die Dauer stinklangweilig, denn man könnte sich kaum derart darauf freuen und genießen, wenn man es immer hätte!

Kein Jägerlatein

Schnapsideen tragen wohl deshalb diesen alkoholischen Namen, weil sie stets in hochprozentiger Laune ausgebrütet werden.
Und wie sollte es anders sein, bin ich genau in so etwas hineingeschliddert.
Vollkommen arglos hatte ich mich bei einem „Gartenempfang", der von „Wasser" reich gesegnet war, mit meinem

Bierchen in eine Gruppe unter einem Schirm um einen winzigen Stehtisch gedrängelt.

Nette Leutchen, unter ihnen ein Jäger, der uns ganz schön mit seinem Jägerlatein einheizte. Er wußte anschaulich jeden Schuß auf Bock, Ricke und Wildschwein zu schildern, daß sich die geschlossene „Tischmannschaft" sogar beim vermutlichen Knall duckte.

Wir gingen gemeinsam auf die Pirsch, schlichen uns an, zitterten mit ihm, hielten voller Spannung die Luft an und atmeten gemeinsam aus. Schließlich kämpften wir mit ihm, wenn er den Hirsch bei den Hörner nahm und schlugen Hase und Reh kraftvoll aus der Decke.

Kurzum, er hatte in uns herrliche Opfer gefunden, denn wegen des Regens konnten wir ihm nicht entfliehen.

Und da ich nun schon mal da stand, schenkte ich ihm meine volle Bewunderung.

Das hätte ich besser lassen sollen!

„Übrigens, ich heiße Heinrich", stupste der große Jäger mit seinem Schnapsglas an das meine, ich stupste zurück, und schon waren wir verbrüdert und verschwistert.

„Damit du mal einen wirklichen Einblick in die Jägerei kriegst, lade ich dich auf meinen Hochsitz ein ...", meinte er, und, es muß an dem Schnaps gelegen haben, ich stimmte zu.

So kam es, daß ich morgens um vier Uhr hinter Heinrich auf einen Hochsitz krabbelte. Trotz Sommerzeit war es ziemlich frisch, gottlob hatte ich mich vorsichtshalber warm verpackt.

Nachdem wir uns auf dem kargen Bänkchen eingerichtet hatten, saßen wir reglos wie Mumien und stumm wie die Fische und lauschten den Geräuschen des Waldes. Absolute Stille umgab uns, denn es war derart früh, daß selbst die Vögel noch in ihren Nestern schliefen.

Wie gesagt, stiller konnten Menschen nicht sein! Trotzdem

legte Heinrich den Zeigefinger an die Lippen, was wohl bedeutete:

Nicht husten, etwa schniefen oder schnaufen!

Ich nickte, hatte verstanden!

Doch just in diesem Augenblick fing mein Bauch fürchterlich an zu gluckern, daß ich glaubte, der Wald sei davon erfüllt. Um zu dieser nächtlichen Stunde wach zu werden, hatte ich mir starken Kaffee gekocht und der kullerte nun in meinem Bauch herum.

Betroffen darüber schaute ich Heinrich von der Seite an, doch der tat, als hörte er nichts.

Aber irgendwann begann dieser Wald zu erwachen, denn Gott sei Dank wurde mein fürchterliches Gluckern von kräftigem Rascheln und Stampfen übertönt.

Anfangs dachte ich, eine Elefantenherde käme durchs Dikkicht gewalzt.

Heinrich flüsterte: „Nur ein Igel..."

Plötzlich standen, wie aus dem Boden gestampft, zwei kleine kurzgehörnte Böcke nicht weit vom Hochsitz auf der kleinen Lichtung, die genau in unserem Blickfeld lag.

„Das sind Brüder, einer muß weg", flüsterte Heinrich ziemlich entschlossen.

Völlig unbekümmert knabberten die beiden ihr Gras, wackelten ein bißchen mit den Ohren, denn obwohl früh, schwirrten schon ein paar lästige Fliegen um sie herum.

Heinrich legte äußerst vorsichtig das Gewehr auf die Brüstung, entsicherte ganz langsam und zielte. Ein kleiner gelber Schmetterling flatterte gerade am braunen Holz des Griffes vorbei.

Ganz fest hielt ich mir beide Ohren zu und zitterte wie Espenlaub.

Trotz all meiner warmen Pullover überliefen mich grausig kalte Schauer.

Der Gedanke, daß gleich eines dieser friedlichen Tierchen

vor den Augen des anderen tot umfallen sollte, erfüllte mich mit blankem Entsezten. Schnell faßte ich den Entschluß, dies durfte nicht geschehen!
Ich glaube Heinrich wollte gerade abdrücken, denn ich sah, wie sich sein Finger schon fest um den Abzug legte, da bekam ich einen heftigen Hustenanfall, daß es weithin schallte.
Heinrich erschrak!
Die Rehe hoben die Köpfe, stutzten, hörten auf zu kauen, um dann, wie nicht anders zu erwarten, mit großen Sprüngen das Weite zu suchen.
Ich senkte verschämt den Blick, Heinrich absolut wütend die Flinte.
Für Augenblicke schaute er mich derart stinksauer an, daß ich glatt um mein Leben bangte.
Nachdem er sich beruhigt hatte, meinte er bereits ziemlich versöhnlich:
„Du Luder", und schüttete uns auf den Schreck einen ordentlichen Schnaps in die mitgebrachten Gläschen. Ein bißchen enttäuscht war er wohl, aber wir haben dann unser Frühstück aus dem Rucksack geholt und da oben ein herrliches Picknick abgehalten.
Allerdings hat er mich nie wieder eingeladen!

Reif für die Insel...

Wer diesen Satz liest, greift schon nach den Reisekatalogen und bucht: Teneriffa, Mallorca, oder Sylt.
Mit Sicherheit sehr schöne Reiseziele, aber dorthin zu gelangen, bedarf einer langen Vorbereitungszeit mit Kofferpacken usw.
Doch es gibt Momente im Leben, manchmal passiert das abends gerade zwischen 18 und 19 Uhr, da geht nichts mehr, da ist man fertig erschöpft, kaputt, da müßte einem die berühmte „Insel" einfach mir nichts dir nichts vor die Füße fallen und so schnell arbeitet kein Reisebüro.
In solch einem Augenblick ist Phantasie und Kreativität gefragt. Ich persönlich ziehe mich dann still und leise mit meinen Lieblingsillustrierten, einem Kassettenrecorder, diversen Kosmetika und einem Glas Wein in mein kleines Badezimmer zurück.
Während das Wasser heiß dampfend in die Wanne plätschert, mische ich dem wohltuenden Naß einen ordentlichen „Blubb" Creme-Schaum-Duft-Bad bei. Und wenn „vivaldisch" die Vierjahreszeiten aus dem Kasten klimpern, prüfe ich vorsichtig mit dem großen Zeh, ob die Temperatur schon badefreundlich ist.
Der schönste Moment bei diesem „Inselurlaub" ist dann das Eintauchen, wenn die wohligen Fluten den gesamten Körper umsprudeln.
Es gibt kaum etwas Schöneres, wenn sich die verkrampften Muskeln entspannen, die schmerzenden Gelenke strecken und man platt wie eine Flunder in der Wanne liegt.
Und wo sich Herz und Magen laben, will die Nase auch was haben!
So streiche ich zusätzlich eine dicke Maske, ein Quark-Ei-

er-Honig-Gemisch, ins Gesicht und kippe gleich einen satten Schluck Klettenwurzelöl auf die Haare.

Aber bei aller Entspannung, die dieses Unternehmen bringt, lauern arge Tücken. Denn um die heißgeliebte Illustrierte zu lesen, ist eine Brille nötig, doch diese beschlägt erstens fürchterlich durch den vielen Dampf und verträgt sich nicht mit dem Quark im Gesicht.

Weil zu nasse Hände die Seiten der Lektüre ruinieren, greife ich etwas heftig nach dem Handtuch, „schwups“ kippt das Weinglas um.

Ärgerlich verfolge ich die kostbare Pfütze, dabei senke ich zu stark mein Haupt und „schwups“ läuft das Öl direkt vom Kopf in meine Augen. Schließlich rutscht auch noch die Brille völlig von der Nase und vermischt sich mit dem Quark, so ist der Lesespaß vorbei.

Nach dem vierten Mal heißes Wasser nachlassen droht die Wanne überzulaufen, also naht das Ende der Erholungsreise.

Wenn dann die Füße schrumpelig, wie alte Kartoffeln, aus dem Wasser ragen, heißt es aussteigen und zurück in die harte Lebensrealität.

Für diesen schmerzhaften Wechsel sind vorgeheizte Badetücher wärmstens zu empfehlen. Meistens drehe ich anschließend die Kassette noch einmal um, lange in diverse Töpfe mit duftendem Creme und pflegenden Lotionen, um die „Wasserschäden“ an meinem Körper auszumerzen.

Zur Nachkur wickele ich mich in einen großen Bademantel, kringele mich auf dem Sofa zusammen und lasse mich von der Flimmerkiste in ferne Welten leiten.

Welch ein “Urlaub“!

Auf jeden Fall gehe ich am nächsten Tag mit frischer Kraft wieder an die Arbeit...

Ungebetene Mitesser

Welch eine Freude, als mein Kirschbaum im Frühjahr in rosaheller Pracht verheißungsvoll leuchtete.
Verheißungsvoll darauf, daß eine große Ernte Mägen und Augen erfreuen würde - irgendwann im Sommer.
So viele Wetterberichte, wie ich zur Kirschblütenzeit hörte, höre ich das ganze Jahr nicht.
Bang zitternd lauschte ich, wenn Grad um Grad das Thermometer runterrutschte, in der Angst, es könnte frostig werden.
Sind diese Tage überstanden, und zeigt sich langsam ein klitzekleiner Fruchtansatz, atmet man als Kirschbaumbesitzer auf. Das Gröbste ist überstanden, Weck- und Marmeladengläser können bereitgestellt werden.
Wenn dann schließlich diverse Sommerregen, Hagelschauer und Sturmböen schadlos an den Früchten herumgezerrt haben, kann man sich bereits auf den großen Augenblick im Monat Juli freuen.
Welch ein Anblick, wenn sich vom saftigen Grün der Blätter in der Sonne glänzend das kräftige Rot der reifen Früchte absetzt!
Irgendwann war es soweit, es konnte geerntet werden. Die große Leiter wurde aus dem Schuppen geholt, und wie immer habe ich mir die Finger dabei fürchterlich geklemmt, los ging's!
Oben angekommen, pflückte ich erst einmal in aller Ruhe ein paar Hände voll, so gleich zum Essen. Fröhlich ließ ich es mir schmecken und spuckte frech die Kerne in die Runde. Gleichzeitig genoß ich den Ausblick, den ich da hochoben auf der Leiter hatte und ließ liebevoll meine Blicke über die sommerliche Landschaft streifen.

Zufällig traf mein Blick auch auf die Kirsche, die ich gerade in der Hand hielt, sie erschien mir merkwürdig weich und ziemlich wabbelig auf einer Seite.
Äußerst kritisch begann ich sie hin und herzudrehen, um schließlich ihr Innenleben gründlich zu studieren.
Dazu teilte ich sie geschickt in zwei Hälften und schon offenbarte sich die gräßliche Bescherung:
Eine dicke, fettleibige, weiße Made kringelte sich satt und wohlig im saftigen Fleisch der süßen Frucht.
Ich war entsetzt, fühlte mich übertölpelt.
Das war ein ähnliches Gefühl, wie wenn man sich ein Pfund Nüsse kauft und beim „Knacken" feststellen muß, daß sie alle ohne Kern sind.
Ich hätte heulen können, alle sommerliche „Kirscherntefröhlichkeit" glitt an mir ab, polterte die Leiter runter und fiel zu Boden.
Aus meinem bis dahin unbeschwerten Eßverhalten gerissen, öffnete ich von nun an akribisch jede Kirsche, bevor ich sie in den Mund steckte.
Nur war nicht mehr viel zu stecken, denn fast aus jeder winkte freundlich ein weißes Würmchen entgegen. In manchem Stück hausten sogar muntere Zwillinge und Drillinge, daß man sie förmlich schmatzen hörte.
Nun, es soll Leute geben, die verzichten in solchen Zeiten auf ihr Schnitzel und essen die Fleischeinlage mit.
Ich nicht!
Mir drehte es das Herz und gleichzeitig den Magen im Leibe um.
Mein Baum, mit roten Bündeln schwer beladen, in voller Pracht und nun das Dilemma!
Völlig enttäuscht stieg ich von der Leiter, brachte die Weck- und Marmeladengläser wieder in den Keller und überließ die madige Herrlichkeit dem Vogelvolk.
Aber ich schwor hoch und heilig, im nächsten Jahr massiv dagegen anzugehen.

Bei den Nachbarn sah es nicht besser aus, denn zu bereitwillig lud man in die Bäume ein: „Wir haben wahnsinnig viele Kirschen, du kannst essen, so viel du willst. Die Leiter steht noch da!"
Meine auch!
Ich habe mich stets artig bedankt.

Wenn die Klingel dauernd klingelt...

Unsere Zeit sei ganz fürchterlich ständigem Streß ausgesetzt, läuft eine allgemeine Klage unter den Menschen dieser Gesellschaft.
Vielleicht liegt es einfach daran, daß wir uns von allen Neuerungen der Technik schnell überzeugen lassen, weil wir meinen, sie nähmen uns unliebsame Arbeit ab.
Schließlich gibt es wirklich schon eine Menge Maschinchen, die uns das Leben erleichtern.
Wie da sind: Waschmaschine, Geschirrspüler, Trockner, Computer, Telefon usw...
Vielleicht dachten wir auch am Anfang, wir hätten all jene Geräte im Griff, bis wir merkten, sie „haben" uns!
Erst einmal wurden wir dazu verleitet, großzügig mit der Wäsche umzugehen.
Wurden früher Bezüge nur einmal im Monat gewechselt, gibt es heute jede Woche ein sauberes Bett.
Schließlich fühlt man sich wie neugeboren, wenn es gilt nach duftigem Wannenbad in ein taufrisches Bett zu kriechen. Ganz zu schweigen von der Unterwäsche, die heute

jeder jeden Tag wechselt, manchmal zweimal, wenn man mehrmals duscht.

Früher, so in meiner Kindheit, wurde die Familie beim allwöchentlichen Badetag damit eingedeckt.

Sogenannte „Große Wäsche“ bedeutete schwerste Aktion. Mutter hat am „Waschtag“ stets entsetzlich gestöhnt.

Sämtliche Familienmitglieder fühlten sich unwohl, wurden zu irgendwelchen Diensten eingeteilt und es gab irgendeinen langweiligen „Eintopf“.

Heutzutage werden fast täglich riesige Wäscheberge in die Maschine gestopft und fertig!

So ist aus eigentlich weniger Arbeit mehr geworden.

Ähnlich verhält es sich mit anderen Dingen.

Da uns Maschinen „Arbeit“ abnehmen, werden wir stets anspruchsvoller.

Allein die Klingelei, die dabei anfällt entwickelt sich zur schieren Plage.

Wenn ich an den beschaulichen Haushalt meiner Eltern denke, spüre ich nur seelenvolle Ruhe.

Ein Telefon gab es nicht, Nachrichten wurden still per Brief ausgetauscht.

Das einzige, was bimmeln konnte, war der Wecker am frühen Morgen. Oder wenn sich der Briefträger zu uns verlief und zart die Klingel bediente, die sich damals noch unelektrisch, mit einem kleinen silbernen Flügel versehen, per Hand herumdrehen ließ.

Mich haben bereits sämtliche Klingeln im Griff! Unermüdlich hetze ich den ganzen Tag über zwischen ihnen hin und her.

Die kleine Bimmel meiner Eltern wurde natürlich eines Tages von einem hochkomplizierten Gong, der eine Tonfolge in a-Moll von sich gibt, ersetzt. Kaum gehorche ich ihm, und bin an die Tür gesaust, rattert eines der drei Telefone. Befinde ich mich gerade in ein Gespräch vertieft,

scheppert das nächste Telefon. Wer heute was auf sich hält, hat nämlich „ISDN“ und mindestens drei mobile Geräte. Dies hat den Vorteil, wenn beispielsweise die Zeitschaltuhr piept, weil die Eier fertig sind, daß man mit dem Telefon am Ohr durch die Wohnung flitzen kann.
Entschuldigungen wie:
„...mein Backautomat tutet, ich muß das Brot herausnehmen!“ gelten nicht mehr.
Dank Mobilität und perfektem Klingeling kann man heute alles miteinander verknüpfen.
Welch ein Segen denkt mancher, doch ich glaube durch diese Vielfältigkeit geht manches an uns vorbei.
Warum wohnt sonst dauernd der Wunsch nach neuer „Erfüllung“ in uns?
Vielleicht deshalb, weil es immer klingelt, wenn wir gerade beginnen, etwas zu genießen?

Das Flugobjekt...

Also ab und an braucht der Mensch Tapetenwechsel, dabei muß es nicht gleich eine Weltreise sein: Ein paar Tage Berlin, London oder Paris reichen da völlig aus.
Berlin ist eine Reise wert, hieß es, deshalb schloß ich mich kurzerhand einer unternehmungslustigen Gruppe an.
Und wenn ich auch sonst meine stillen Waldwege genieße, konnte ich es hier kaum erwarten, auf den weltbekannten Ku’damm zu gelangen.
Die Gedächtniskirche war fix bewundert, ebenso schnell wurde Café Kranzler abgehakt und schon schlüpfte ich in

eines der schnuckeligen Geschäfte, bereit, mein sauer verdientes Geld sinnvoll zu verprassen.

Wie das dann so geht, habe ich mir schließlich Dinge geleistet, die ich vielleicht weniger brauchte - wie beispielsweise einen naturfarbenen Strohhut mit breiter Krempe und einer üppigen, lachsfarbenen Rose obenauf. Stolzierte ich je in solchem Anputz auf unserer Dorfstraße herum, würde es mit Sicherheit manchen vom Trecker hauen.

Egal, in dem Geschäft fand ich mich super. Sämtliche Verkäuferinnen schwärmten und schwörten Stein und Bein, bei mir handele es sich um ein absolutes „Hutgesicht".

Erst zierte ich mich noch ein bißchen, doch nachdem man mir reichlich Geld abgenommen hatte, schob man mich sanft mit meinem Prachtstück auf den „Damm"!

Schließlich hatte ich draußen eine Menge Berlinerinnen mit Hut gesehen, und was „die" könnten, dachte ich, konnte ich auch!

Konnte ich leider nicht!

Es gelang mir zwar, mich wie selbstverständlich in den Menschenstrom einzuordnen. Doch war es mir nicht vergönnt, lange in diesem „Hut-Gefühl" zu baden. Denn eine winzige aber heftige Windböe beendete den sommergelben „Zauber".

Ganz plötzlich segelte nämlich mein großer runder Stolz, wendig wie eine fliegende Untertasse, schnurstracks mir vom Haupt und über die Köpfe der Passanten hinweg. Links und rechts von schweren Einkaufstaschen behindert, gelang es mir kaum, noch nach dem Hut zu fassen. Mutig und mit raumgreifenden Schritten nahm ich postwendend die Verfolgung auf, so schnell ließ ich mich nicht erschüttern.

„Die Verfolgung aufnehmen", hört sich leicht an.

Nie in meinem Leben habe ich derart meine Ellenbogen gebrauchen müssen, wie in jenem Augenblick.

Jene „Passanten“ nämlich, die ich anfangs für die Bewunderung meiner „Behütung“ brauchte, standen mir nun fürchterlich im Weg.

Dank meines unerschütterlichen Einsatzes hatte ich den Ausreißer fast eingeholt.

Gerade als ich nach ihm greifen wollte, hob ihn allerdings ein Lüftchen wieder hoch und trieb ihn weiter weg.

Erneut sauste ich hinterher, doch als hätte ihn jemand an einen Faden gebunden, flog er plötzlich kreuz und quer über den Bürgersteig.

So gebeutelt war ich sehr bald in Schweiß gebadet.

Für eine Pause blieb mir keine Zeit!

Mußte ich doch zu meinem Entsetzen beobachten, wie mein Hut ganz zielstrebig auf die Fahrbahn zusteuerte.

Jede Sekunde sauste ein Auto vorbei, ich sah mein teures Stück bereits - einer Briefmarke gleich, plattgewalzt.

Zum Äußersten entschlossen, wollte ich schon zum Sprung ansetzen, um mich mit dem ganzen Körper auf ihn zu schmeißen.

Da wiederum trieb ein freundlicher Windstoß ihn erneut in die Höhe. Als ihn dann jene Böe wie eine Tellermine zu Boden drückte, sprang ich wildentschlossen auf ihn und hielt ihn mit den Füßen fest.

Egal wie, ich hatte ihn!

Nachdem ich erfolgreich auf ihm rumgetrampelt hatte, wirkte das gute Stück völlig ramponiert - selbst die Rose war zerstört, sie hing schief und hatte reichlich Blätter verloren.

Jedenfalls hatte ich vom Berliner „Chic“ die Nase voll, enttäuscht verstaute ich meinen lädierten Hut in einer profanen Plastiktüte.

Völlig erschöpft schleppte ich mich anschließend in ein hübsches kleines Bistro.

Dort habe ich mich ausgiebig gestärkt und neidvoll die

flotten Berlinerinnen bewundert, mit welcher Selbstverständlichkeit sie elegant „behütet“ den Kurfürstendamm rauf und runter flanierten.
In jenen Augenblicken wurde mir zum ersten Mal klar, daß es einen deutlichen Unterschied zwischen einer pummeligen „Landpomeranze“ und einer grazilen Großstadtpflanze gibt.

Zu viele auf einmal

Schnecken sind hübsche Tierchen, und wenn solch eine „Dame“ mitsamt ihrem Haus auf dem Rücken majestätisch, gemächlich über meinen Weg rutscht, kann ich mich an diesem Wunder total ergötzen. Mit aufmerksam ausgefahrenen Hörnchen gleitet sie Zentimeter für Zentimeter zielstrebig ihren Weg entlang, vorausgesetzt, man stört ihre Kreise nicht.
Allein der oft malerisch gestalteten „Häuschen“ wegen lasse ich diese „Kriechkünstler“ als „Schmuck“ in meinem Garten wohnen. Und was die großen beigen Weinbergschnecken anbelangt, könnten sie ja sogar für manchen Feinschmecker ein köstliches Mahl ergeben.
Untröstlich bin ich allerdings, wenn ich im dichten Gewirr des Rasens oder im Dunkel der Nacht versehentlich auf eines dieser Exemplare trete. Schrecklich dieses Geräusch, wenn unter dem Fuß mit leisem Krachen alles zu Mus zermatscht.
„Huch, igitt,“ welch schauerlicher Anblick, das plattgetretene Fleisch mit kleinen Scherben dazwischen.
Auch den orangen, braunen oder grünbunt karierten

„Nacktschnecken“ begegne ich mit Respekt und meiner eben beschriebenen freundlichen Art. Warum auch nicht, denn heißt es doch immer, die Natur sei Harmonie bis ins kleinste Glied, ein Kreislauf, in dem jeder Käfer, jede Motte, jedes Kraut seine Bedeutung hat.
Doch eines Tages schlug meine Haltung diesem Kriechvölkchen gegenüber in totale Ablehnung um.
Kein Wunder, als ich nämlich nach einem lauen, satten Sommerregenguß mein Gartenreich betrat, hingen, krochen und kletterten, wie vom Himmel gefallen, in sämtlichen Blumen, Sträuchern, Stauden „Nacktschnecken“ aller Größen und Farbvariationen.
Sie wirkten wie Baumbehang am Weihnachtsabend.
Ich konnte mir nicht vorstellen, was diese Invasion plötzlich in meinem Garten wollte?
Bekanntlich sind ja Schnecken langsam. Wo und wann waren sie gemeinsam gestartet, um alle pünktlich zur gleichen Zeit in meinem Garten aufzutauchen?
Zudem hätte mir ihr bloßer Besuch nichts ausgemacht, denn mein Garten ist wunderschön anzusehen. Aber ihnen reichte nicht der Anblick meiner Pflanzen:
In hübscher Eintracht hatten sie damit begonnen, diesen Garten mit Stumpf und Stiel wegzumampfen. Große und kleine Löcher in saftig grünen Blättern machten ihre Absicht unübersehbar deutlich.
Um erst einmal ihr Tun zu stoppen, schnappte ich mir schleunigst einen Eimer und sammelte die Bande ein.
Über hundert Stück hatte ich mit bloßer Hand gepackt, wobei einige wie Kletten an Blättern oder Stielen pappten. Zum Schluß klebte auch ich von der vielen Schneckenspucke. Ein riesiger Eimer war bis zum Rand gefüllt. Nur wußte ich keinerlei Verwendung für solche Beute.
In einem Feinschmeckerrestaurant vorzusprechen, habe ich mir wohlwissend verkniffen, denn „Nacktschnecken“ stehen auf keiner Speisekarte.

Sie ins Klo schütten, fand ich zu grausam, sie in Bier zu ersäufen, wie eine Nachbarin empfahl, noch schrecklicher...
Verzweifelt rannte ich mit dem Eimer hin und her. Da war guter Rat teuer, denn diese Schleicher zeigten mir, welches Tempo sie imstande waren einzuschlagen.
Schnell und schneller kletterten sie über den Eimerrand.
Ich hatte alle Hände voll zu tun, sie ständig zurückzuschubsen und das bei der Menge!
In meiner Not bin ich in den Wald gerannt und habe sie dort ausgekippt. Doch am nächsten Tag bereits fiel wieder lauer Sommerregen und bald krabbelten erneut hunderte von ihnen in den Beeten, orange, schwarz und gemustert ... und die Sammelei begann wieder von vorn!

Qualität hat ihren Preis...

Wer viel auf Reisen ist, der weiß ein Lied davon zu singen, wie arg Gepäck belasten kann.
Besonders dann, wenn es heißt, innerhalb von fünf Minuten auf einem vor Menschen wimmelnden Großstadtbahnhof, von Gleis eins bis Gleis achtzehn zu hetzen.
Schwer und schwerer werden die Koffer und hängen auf den letzten Metern wie Blei an schlaffen Armen.
Während man mit letzter Kraft Koffer und sich selbst in die Waggontür wuchtet, ertönt bereits der Ruf:
„Bitte von der Bahnsteigkante zurücktreten!"
„Geschafft!
Während der Zug langsam anfährt, läßt man sich kräftig hechelnd auf die Koffer fallen.

Nach solchem Streß ist man wirklich urlaubsreif.
Pfiffige Kofferhersteller haben deshalb Reisegepäck mit eingebauten Rollen entwickelt. Eine feine Sache:
Man zieht die schwere Bagage hinter sich her und kommt unbeschwert lächelnd vom Fleck.
Daran habe ich wohl gedacht, als bei uns im Supermarkt ein Angebot mit preiswerten „Handrollern" lief.
Zwanzig Mark das Stück. Ich griff zu, was habe ich mich auch schon gebuckelt und gequält, da meine Reisetaschen stets so schwer sind, als würde ich mit Goldbarren handeln. Endlich wollte auch ich einmal in den Genuß von „Rädern" kommen.
Mit großen Gummiriemen schnallte ich mein Täschchen fest, eine Jacke und einen Regenschirm noch obenauf. Hoch erhobenen Hauptes, wie eine stolze Spanierin rollte ich mit meinem Gefährt in den Bahnhof ein. Da frei von jeglicher Last, eilte ich schnurstracks auf den Fahrkartenschalter zu.
Als mir plötzlich ein hübscher junger Mann auf die Schulter tippte:
„He Sie, gnädige Frau, Sie haben ein Rad ab ...!"
Kein nettes Kompliment für meine rasante Erscheinung, dachte ich!
Aber tatsächlich kullerte mir direkt von vorn in großem Bogen ein kleines schwarzes „Ding" entgegen.
Erst in diesem Augenblick bemerkte ich seltsame Schleifgeräusche meines „Rollers".
Bei näherem Hinsehen wies er auch eine beträchtliche Schlagseite auf.
„Bitteschön", drückte mir freundlich eine junge Studentin mein abtrünniges Rad in die Hand.
Sie lachte: „So wie Sie habe ich auch mal angefangen. Nur sausten bei mir gleich beide Räder durch die Gegend. Da hilft nur eins; Sie müssen ein paar Mark mehr anlegen! Schauen Sie hier...!"

Mit Schwung führte sie mir ihren „Flitzer“ vor, ein schwarzes, stabiles Gerät mit pinkfarbenem Griff und dazu passender Gummischnur.
Da konnte man glatt neidisch werden.
Tatsächlich wirkte jene Ausführung gegenüber meinem primitiven „Koffertrabi“ wie ein schnittiger „Hackenporsche“! Stolz erklärte sie: „Hundert Mark hat der gekostet, aber damit bin ich schon quer durch Deutschland gesaust. Kann ich Ihnen nur empfehlen...!“
Mir diesen guten Rat hinterlassend, fuhr sie fröhlich vondannen.
Sie hatte Recht, schon meine Schwiegermutter hat immer gesagt, vom „Teuersten“ ist der billigste Kauf. Während ich meine Ruine unter den Arm klemmte, schwor ich mir, von nun an absolut auf Qualität zu achten, koste es was es wolle.
Mühselig schleppte ich mein Gepäck bis auf den Bahnsteig und quälte mich wie gehabt in den Zug ...

Welch ein Genuß!

Es klingt paradox, Sommerzeit, Eiszeit. Aber jeder weiß, was gemeint ist, denn kaum wird’s draußen wärmer, lechzt alle Welt nach Kühlung. Um dies zu erreichen, würde es zwar genügen, einen Eiswürfel zu schlucken oder kleine Portionen davon ins Hemd zu werfen.
Nur der Mensch wäre nicht Mensch, wenn er sich nur auf Nützlichkeit beschränkte. Genuß steht hier im Vordergrund.

Und da die Geschmäcker verschieden sind, gibt es im sogenannten „Speiseeisreich“ eine nicht mehr überschaubare Variationsbreite. Die gesamte Obst- und Gewürzpalette findet sich in Sahne, Milch oder Wasser versenkt in der berühmten „Waffel“, einem angespitzten eßbaren Portionstöpfchen, wieder.
Schön, manche bevorzugen Pappbecher, ich aber gehöre zu den Waffelessern.
Wobei es bei dieser Gattung Mensch deutliche Unterscheidungsmerkmale gibt, insbesondere, was die Vertilgung des „Eistraums“ anbelangt. Wo sonst Messer und Gabel bei der Nahrungsaufnahme unentbehrlich sind, ist hier allein die Zunge wichtig.
„Oh, wie lecker“, spricht so ein „Lecker“, nachdem er mehrmals die köstliche Masse genußvoll „umzüngelt“ hat.
Psychologen wollen sogar aus der Art des Leckprozesses deutliche Charaktereigenschaften ableiten.
Die Wissenschaft unterscheidet da drei Kategorien:
„Rund-, Spitz- und Plattlecker.“
Zufriedenheit, Selbstbewußtsein, Stärke, alles läßt sich daraus lesen.
Vereinbaren allerdings sogenannte Zungenkünstler alle drei Leckarten zugleich, führt das zu hochgradiger Verwirrung eines jeden Psychologen und kann kaum eingeordnet werden.
Als absolute Außenseiter gelten sogenannte „Beißer“, sie knabbern Stück für Stück eisige Portionen in sich hinein.
Was diese „Praktik“ anbelangt, tappt man rein wissenschaftlich noch absolut im Dunkeln. Eventuell handelt es sich um jene Menschen, die sich tapfer durchbeißen können, oder sind es die, die sich bedauerlicherweise gern verbeißen, oder die, die sich pedantisch festbeißen. Vielleicht sind jene auch nur ein bißchen bissig!
Ganz besonders sollte man allerdings derer gedenken, denen jedesmal ungeschickterweise die untere Spitze des Hörnchens abbricht.

Dabei handelt es sich meist um jene Menschen, die auch sonst verstehen, Lebenssituationen stets schwierigst zu gestalten, die vom Ansatz her einfach wären. Denn eine bereits munter tropfende Eisportion gleich zweiseitig zu bearbeiten, erfordert ein Höchstmaß an Geschicklichkeit. Erfahrungsgemäß enden derartige Aktionen mit großen Klecksen auf Blusen, Hosen und Röcken. In schweren Fällen läuft es süß und klebrig von Fingern, Händen, Armen oder dem Kinn herab.

Ein absolutes Dilemma tut sich auf, wenn schließlich die Waffel total zermatscht.

„Wohin mit der schmelzenden Masse?“ wird zum brennenden Problem!

Könner stopfen in solchen Augenblicken rasch die ganze Geschichte auf einmal in den Mund. Tapfer wird dann geschluckt und gekaut, selbst wenn Kronen und Brücken unter der Kälte schmerzen und krachen. Welch ein Anblick, wenn es dann aus allen „Winkeln“ sahnig trieft und schlabbert.

Da lobe ich mir die Eiskaffeetrinker. Sie schlürfen vornehm mit spitzem Mündchen und löffeln sauber ihre Vanillekugel, die versteckt im Kaffee schwimmt.

Egal wie auch immer, wenn ich meine Riesenportion in der Hand halte und meine Nase hin und wieder in die Sahne stupst, schließe ich die Augen und genieße.

Frischluft und Butterstullen

Ein Essen unter Bäumen zählt nach wie vor zu den begehrtesten Sommerfreuden.

Bescheidene Menschen begnügen sich zu diesem Unternehmen mit ein paar Butterstullen und hartgekochten Eiern im Rucksack. Fröhlich singend laufen diese Leute mit ihrer Nahrung durch den Wald, um sich dann irgendwann zum Verzehr auf einem Baumstumpf niederzulassen. Nachdem sie ihre Eierschalen erfolgreich in der Umgebung verteilt haben, setzen sie zufrieden ihren Weg fort.

Anspruchsvolle dagegen bevorzugen es, solch ein Mahl im „Wald und auf der Heiden“ eher stilvoll abzuhalten.

Das heißt, ihnen erscheint die Urform des Essens - von der Hand in den Mund - als zu primitiv. Sie ziehen mit vollen Körben in den Wald und verwandeln jede eben noch stille Lichtung sekundenschnell in einen Supermarkt der Picknickwonne.

Fernsehgleich drapieren sie blau oder rot karierte Decken, natürlich alukaschiert, auf dem Boden. Mit Tassen, Tellern und blitzenden Bestecken zaubern sie eine Oase der Zivilisation förmlich aus dem Hut... Sinnigerweise geschieht dies oft in der Nähe kribbeliger Ameisenhaufen.

So kann es dann passieren, daß diese Picknicker mitten in der tollsten Schlemmerei, plötzlich wie wild herumhopsen.

Denn mitunter krabbeln jene winzigen Bewohner des Waldes heimlich in die Hosenbeine und machen sich schmerzhaft zwackend an Po und Beinen bemerkbar.

Aber solche unangenehme Begleiterscheinungen steckt ein guter Picknicker fix weg!

Als viel störender wird empfunden, wenn ausgerechnet Pfeffer und Salz für die Tomaten fehlen, keine Milch zum Kaffee gereicht werden kann und der Pudding zum Nachtisch, statt auf der Decke zum Naschen einlädt, noch im heimatlichen Kühlschrank schlummert. Die Suche nach eventuellen Schuldigen der Misere kann zum schweren Stimmungskiller des sommerlichen Unternehmens führen. Insbesondere, wenn zu allem Überfluß jemand den Satz losläßt:
„Und ich habe noch gefragt, habt ihr alles?"
Aber wer vermutet in dem Augenblick, wenn gerade sämtliche Familienmitglieder bis zur Nasenspitze beladen das Haus verlassen, daß noch irgend etwas fehlen könnte, wo scheinbar der gesamte Hausstand verladen wird. Zumal bereits im Vorfeld ein systematischer Fragenkatalog abgehakt wurde.
„Sind Tassen eingepackt, Sonnenöl, Omas Tabletten, Servietten, Mückentot, ist die Kühltasche aufgefüllt ...?"
Ein Picknick im Wald muß schon ein absolutes Erlebnis sein, sonst würde man sich nicht derart plagen...
Denn kaum jemand würde zu Hause die Idee verwirklichen, auf dem Teppich herumzurobben, um mit Messer und Gabel das Sonntagsessen einzunehmen.

Herbst

Es ist noch gar nicht lange her
da war rundum ein Blumenmeer
jetzt leuchten Äpfel im Baum
und man glaubt es kaum
liegt das Jahr
fast vergangen
in dickem Nebel
gefangen

Die letzte Rose

Wenn der November auf dem Kalender erscheint, dann wird klar, Zeiten der Besinnung sind angesagt:

Volkstrauertag, Buß– und Bettag, Totensonntag!

Ich weiß, der Tod gehört zum Leben.

Irgendwie drückt mich aber dieser Monat auf einen ziemlich niedrigen Stimmungspegel herab.

Dazu noch Nachrichten im Fernsehen und Radio, belastet mit Kriegen, Katastrophen und haarsträubenden Skandalen, die einem das blanke Entsetzen in die Glieder fahren lassen.

So innerlich mit düsteren Wolken verhangen machte ich einen letzten Kontrollgang durch den herbstlichen Garten. Der Tag hatte sich meiner Stimmung angepaßt, denn dichter Nebel hielt wie eine graue Last die Landschaft gefangen und engte meinen Blick und meine Gedanken noch zusätzlich ein.

Müde schubste ich mit der Fußspitze welke Blätter an den Wegesrand. Selbst mein großer Kirschbaum, einst voller Früchte und Anlaufpunkt für viele fröhlich kreischende Stare, die sich um die ersten Kirschen prügelten, stand still, schien völlig in sich gekehrt. Die kleinen Nebeltropfen an seinen Blättern und Ästen wirkten wie Tränen, Tränen um das Vergangene. Prompt flammten Gefühle der Vergänglichkeit in mir auf, von der alle wissen, die nur niemand wahr haben möchte.

Kurz bevor mich diese Novemberstimmung total auffraß, fiel plötzlich mein Blick auf eine rosafarbene Rose, die in der Trostlosigkeit und dem Grau in Grau der Umgebung wie ein Lichtblick aus fernen Tagen wirkte.

Knackig, voll im Saft, leuchtete sie, trotz bereits frostiger Nächte, fast fröhlich in die Landschaft.
Ergriffen von ihrer Schönheit nahm ich sie zärtlich in beide Hände und steckte meine Nase tief zwischen ihre kalten Blütenblätter. Voller Inbrunst sog ich den sommerlich anmutenden Duft in mich auf.
Welch ein Genuß!
Augenblicklich wurden Bilder der Kindheit in mir wach, denn auch der Herbst hat ja bekanntlich schöne Tage. Ausgelassen haben wir in dem raschelnden Laub getobt, Kastanien geerntet, die ersten Nüsse mit Stöcken vom Baum geschlagen.
Wehmütig hat man auf die sorglosen Sommertage zurückgeschaut, denn der Winter war zu der Zeit noch eine gefürchtete Jahreszeit.
Ich sah förmlich meine Großmutter vor mir, wie sie ihr heißgeliebtes grünes Wolltuch um die Schultern wickelte und:
„Au weh, jetzt kommt der Winter, bald wird Väterchen Frost regieren! Au weh, au weh!" jammerte.
Ganz eng zog sie das Tuch um ihren Körper. Ja und genau solch eine strahlende letzte Rose hatte Großmutter eines Tages im Garten gefunden, als sie mich als kleines Mädchen auf dem Arm trug.
Gemeinsam haben wir die Rose bewundert und abgeschnitten. Ich mußte gründlich daran schnuppern, und ich spüre heute noch die Geborgenheit, wie Großmutter mich dann mitsamt der Rose ins Haus trug. Anschließend nahm sie mich auf ihren Schoß und erzählte das Märchen von Schneeweißchen und Rosenrot.
Lange haben wir am warmen Ofen gesessen, erzählt und heiße Schokolade getrunken. Dabei wurde kein Licht angezündet, erst wenn es stockdunkel um uns war.
Wir nannten es das Schummerstündchen.
Meine Erinnerungen an diese Zeit sind märchenhaft.

Und wenn ich die Augen schließe, umfängt mich ganz deutlich das wohlige Gefühl jener glücklichen Tage. Deshalb streckte ich meine Hand aus, schnitt ebenfalls diese letzte Rose ab und trug sie ins Haus. Seit sie dort kraftvoll leuchtend in der Vase stand, wurden meine trüben Gedanken etwas gemildert.
Somit kann diese stille Zeit sogar zu einer Zeit der Hoffnung werden. Hoffnung darauf, daß der nächste Frühling mit all seiner Blütenpracht sehr bald kommt.

Herbstliche Köstlichkeiten

Wo andere Leute über „Regen" jammern, tanze ich wie Rumpelstilzchen hinter der Fensterscheibe und schreie:
„Pilze, Pilze, herrlich viele Pilze!"
Denn jeder teure Wassertropfen, der in den Boden sickert und das „pilzige" Myzel aufquillt, erscheint mir als ein Segen. Kaum zeigt sich ein Regenpäuschen am Himmel, schnappe ich mir Korb und Gummistiefel und sause los.
Dann strolche ich über saftig grüne Wiesen, insbesondere in der „Champignonhochsaison".
„Kennst du denn die Pilze genau", fragen mich besorgte Nachbarn, wenn ich vorbeimarschiere.
„Oh ja, ich glaube schon", antworte ich frisch und munter und setze meinen Weg fort.
„Aber manche sind doch giftig! Kennst du die auch?"
Setzen sie noch zweifelnd hinzu.
„Nun ich bin wohl mein lebender Beweis!"
Welch ein Anblick, wenn die ersten schneeweißen Kugeln

im satten Grün wie kleine Tischtennisbälle auftauchen und vorwitzig in der Sonne leuchten. Kaum auszumalen die Welle der Gefühle, wenn sich gleich eine ganze Horde „kettenähnlich“ wie Perlen aneinanderreiht.

Am liebsten würde ich dann stundenlang stehenbleiben, still verweilen und diesen Augenblick der Entdeckung unendlich festhalten und genießen. Denn jener Moment des Findens, diese wenigen Sekunden, wo jener Reichtum einem ganz plötzlich, wie eine hingeschüttete Million im Lotto, zu Füßen liegt, der ist es. Das sind Augenblicke tiefster Empfindung, da möchte man die ganze Welt mit ihrer wunderbaren Natur umarmen. Dieser herrliche „Kick“, macht die Sammelleidenschaft zur wahren Sucht, die Tausende von Pilzsuchern über Stock und Stein auf Wiesen und in die Wälder treibt.

Der zweite Teil der Pilzsucherei ist oft weniger lustig, denn wer kennt nicht den Fluch der guten Ernte, wenn es heißt, die ungeheuren Massen zu verarbeiten. Aber ich bin darin unverwüstlich. Es wird gepult, geschnippelt und gepackt. Egal wie, auch wenn nichts mehr in die Gefriertruhe hineingeht, ich suche hurtig weiter.

Als sich meine Nichten neulich zu den Herbstferien anmeldeten, wurde ich stutzig, hatten sie doch trotz aller Wiedersehensfreude eine innige Bitte auf den Lippen.

„Wir kommen, aber nur, wenn es nicht dauernd Pilze gibt. Lediglich einmal in der Woche sind wir dazu bereit!“

Seitdem vermute ich stark, sie mögen keine mehr.

Aber trotz Protest aller Nichten und Neffen, ich bleibe unersättlich. Voller Leidenschaft schleiche ich mich heimlich aus dem Haus, um meine geheimen „Plätze“ nach Röhrlingen, Egerlingen und Schirmlingen abzugrasen. Ab und an setze ich mich neben meinen Pilzsegen in das feuchte Gras und schaue auf zum Himmel mit seinem tiefen Blau und seinen runden Wolken. Ganz weit lasse ich dann meinen Blick über Täler und Hügel streifen und

wundere mich, daß trotz grauslicher Nachrichten von „Ozonloch", „Luftverschmutzung" und vielem mehr, scheinbar unberührte Natur da vor mir liegt.
Am liebsten möchte ich dann meine Hände ausstrecken und sie schützend über diese Kostbarkeit legen.
Aber meine Hände allein sind zu klein. Alle Hände wären nötig und hätten viel zu tun, wenigstens das zu bewahren, was noch geblieben ist.
Von solchen Gedanken begleitet, treibt es mich weiter und ich sammle, sammle, sammle ...

Eine fast gute Planung...

Etwa gegen Ende September ist sie vorbei, die Zeit der Sandalen und Schlappen, in die man sekundenschnell barfüßig hineinschlüpfen kann. In breitem Bett verlatscht mancher Fuß gemütlich den ganzen Sommer.
Bei langsam kühler werdenden Temperaturen wird es dann von Tag zu Tag wichtiger, sich von unten her warm zu halten.
Also holte ich meine hübschen Schnürschuhe vom letzten Jahr hervor und zwängte mich brav hinein. Ich mag diese Schuhe, auch wenn sie aufgrund ihrer Enge oft ganz schön zwacken. Sie reichen bis über den Knöchel und geben dem Gelenk guten Halt.
Und weil ich manchmal ein sehr ordentlicher Mensch sein kann, putzte ich die eleganten Treter für ihren ersten Ausgang blank wie Lackpantoffeln.
Ein wichtiger Termin, rein geschäftlich, stand an und da

ich bei solch frühem Aufstehen immer zeitlich in die Klemme gerate, legte ich meine gesamte Garderobe schon am Abend vorher zurecht.

Glücklich darüber, daß alles gut organisiert war, bin ich süß entschlummert und habe die ganze Nacht tief und fest geschlafen. So gut erholt fühlte ich mich am nächsten Morgen, daß mich das schrille Klingeln des Weckers überhaupt nicht interessierte.

Fröhlich trällernd sprang ich aus den Kissen und eins, zwei, drei war ich fix und fertig gebügelt und geschniegelt, mußte nur noch in die Schuhe springen.

Also sprang ich!

Mit flinken Fingern schnürte ich den Senkel und „kracks" lagen links und rechts zwei kurze Teile in meiner Hand.

Zeitmäßig gab es keinen Grund zur Panik, aber die Tatsache selbst brachte mich arg ins Schwitzen.

Zudem wiegte ich mich in diesem Augenblick noch in völliger Sicherheit, daß sich in meinen weiträumigen Schubladen irgendwo ein neues Stück finden ließ.

Fand sich auch, aber nur in pink, blau und hellbraun.

Ich aber brauchte unwiderruflich schwarz!

Flink wie ein Wiesel durchstöberte ich sämtliche Ecken in denen sich das begehrte Bändsel vielleicht versteckte.

Es zeigte sich wie immer, wenn man etwas braucht, nichts!

Da kam mir die glorreiche Idee, die alten Stücke wieder zusammenzufügen.

Ich tat es, knotete, senkelte so schnell es ging, denn langsam drückte mein Zeitplan auf Eile.

Leider ließ sich der Knoten nicht durch die feine Öse stecken und sobald ich fester zog, riß das mürbe Teil zum zweiten Mal.

Der Grund dieser merkwürdigen Materialschwäche war bald erkannt:

Die Metalleinfassung der Ösen blitzte messerscharf.

Es blieb keine andere Möglichkeit, andere Schuhe mußten her! Blitzschnell griff ich zu den grünen, aber die paßten nicht zum Kleid. Ein schneller Blick zur Uhr trieb mich erneut zur Eile, denn es blieben mir nur noch magere fünf Minuten!

Also zog ich das Kleid aus, ein anderes an und hüpfte hinein in die grünen Exemplare.

Alle Senkel hielten!

Ich war piekfein!

Gott sei Dank schaute ich kurz vor der Haustür noch einmal in den Spiegel.

Welch ein Schreck, glich ich doch geradewegs einem wildgewordenen Handfeger!

Schnellstens lief ich ins Bad zurück!

Durch die Aus- und Anziehprozedur hatte sich meine Frisur total verheddert.

Die Geschichte ließ sich zwar reparieren, aber zufrieden war ich nicht.

Völlig aus der Puste und mit brausendem Motor flitzte ich schließlich los.

Nun ich kam, wie immer, eine viertel Stunde zu spät... Habe irgendwas von „Stau“ gemurmelt, denn erklären sie mal einer gestandenen Gruppe von Geschäftsleuten, sie hätten einen mürben Senkel...

Pfui Spinne...

Immer dann, wenn ungemütliche Büroarbeit auf mich wartet, gehe ich schnurstracks auf den Schreibtisch zu, und wenn ich das Chaos erblicke, drehe ich auf dem Absatz wieder um.

Urplötzlich überfällt mich in solchen Augenblicken eine nie gekannte Räum- und Putzwut, daß es nur so kracht.

Alle Ecken, die wegen akutem Zeitmangel oder sommerlicher Träumereien im Hause vernachlässigt erscheinen, werden dann gewienert und bis in den äußersten Winkel ausgekratzt.

Kein Wunder also, daß ich auf Klara traf.

Bei Klara handelte es sich nicht etwa um eine meiner lieben Nachbarinnen, sondern um eine dickbauchige auf dem Rücken seltsam gemusterte, schrecklich große Spinne. Sie hatte sich mit einem meisterhaft gefertigten Netz, das einem filigranen Kunstwerk glich, in einer Ecke meines Schlafzimmers eingenistet. Wenn sie da mit ihren kräftigen langen Beinen durch ihr zart gewobenes Zuhause marschierte, wirkte sie fast ein bißchen plump in ihrer hauchdünnen Umgebung.

„Iii pfui Spinne, weg damit!"

Solche Untermieter ließ mein Reinigungsfimmel nicht zu. Wild entschlossen das Untier zu vernichten, hatte ich mit meinem Staubwedel schon weit ausgeholt... als ich, aus welchem Grund auch immer, meinen Angriff korrigierte. Scheinbar quälten mich Gewissensbisse dies alles schlagartig zu zerstören, wofür dieses Wesen seine ganze Energie aufgeboten hatte.

Genaugenommen befiel mich Hochachtung, vielleicht

auch ein bißchen Neid, mit welcher Geschicklichkeit dies Spinnchen sein Werk gefertigt hatte.
Denn obwohl sonst ein gescheiter Mensch, ausgestattet mit Kaffeemaschine und elektrischem Rasenmäher, wäre ich nicht in der Lage gewesen, auch nur das kleinste Netz zu spinnen, schon gar nicht mit bloßen Händen. In dem Augenblick, als ich in einer Ecke ihrer Behausung gar eine tote Mücke baumeln sah, stand mein Entschluß fest, Klara als Nutztier zu behalten. Gerade einige dieser Blutsauger, mit denen in spätherbstlichen Zeiten niemand mehr rechnet, hatten mir in den letzten Nächten viel Schlaf geraubt.
Lange Zeit lebten wir herrlich und in Frieden in dieser freundlichen Koalition:
Sie fing das Ungeziefer und ich verzichtete darauf, auf den Tisch zu springen, wenn Klaras fast handtellergroße Schwestern lautlos durchs Wohnzimmer huschten.
Eine ganze Weile grassierte nämlich massiert jenes Phänomen, bei dem jeden Abend ca. 22.30 Uhr mindestens drei dicke, fast mollige dieser Gattung von der einen Ecke des Wohnzimmers, wie auf einem eingefahrenen Trampelpfad, in die andere wechselten.
Irgendwann wollte ich der Sache auf den Grund gehen, also kroch ich unter die Möbel und suchte Zentimeter für Zentimeter die Fußleisten nach irgendwelchen Löchern ab. Nichts, rein gar nichts war festzustellen. Auch die gegenüberliegende Seite bot keinerlei Schlupfwinkel.
Deshalb blieb weiterhin das Rätsel, wohin diese Flitzer entschwinden, ungelöst. Nun, ich hatte mich an ihre Gesellschaft gewöhnt, nur Besuch reagierte mitunter ängstlich und kauerte so lange mit angezogenen Beinen auf dem Sofa, bis ich das Krabbeltier entsorgte.
Auf diese Weise war Klara in ihrer Ecke vor jeglichen Angriffen sicher und hätte bis zu ihrem seligen Ende einen ruhigen Lebensabend dort verbringen können. Doch als ich eines Morgens erwachte, hatten mich einige Mücken

dermaßen zerstochen, daß Beulen und Pusteln meinen rechten Unterarm dicht bei dicht zierten.
Klara hatte eindeutig versagt, verschlafen!
Satt lümmelte sie sich in ihrem Netz.
Nachdem ich meine schrecklich juckenden Blessuren medizinisch versorgt hatte, nahm ich kurzerhand den Staubwedel, kündigte ihr auf Lebenszeit und beförderte sie postwendend an die frische Luft.
Und ich hatte kein schlechtes Gewissen!

Vorsicht Morgenmuffel

Es soll ja Menschen geben, die frühmorgens noch mit festverklebten Augen durch die Gegend latschen und sich durch unwilliges Grunzen und unmißverständliches Gemurmel – eben über diese viel zu frühe Stunde – ankündigen.
Vielgeplagte Familienmitglieder weichen solchem Morgenmuffel respektvoll aus. Denn hin und wieder werden diese Wesen fürchterlich aggressiv, schlagen mit Handtüchern um sich, knallen mit Türen und kriegen Schreikrämpfe, wenn jemand mal wieder nicht die Zahnpastatube zugedreht hat. Und wehe, der Kamm liegt nicht an Ort und Stelle oder irgendein Vorbenutzer hat sich an der persönlichen Köperlotion vergriffen.
Zu gemeingefährlichem Randalismus neigen diese Leute, wenn sich vielleicht auch noch Fremdhaar im Waschbecken findet. Sollten gar sämtliche Badetücher naß und schmuddelig auf dem Boden liegen, besteht Explosionsge-

fahr. Da kommt Leben in die Bude und alles was zum Familienverband gehört, wird derbe aufgemischt. Schnelligkeit ist gefragt, und wer flinke Beine hat bringt sich in Sicherheit. Sollte sich allerdings im Badezimmer oder sonstigen Räumen, die bevorzugt morgens benutzt werden, nichts finden, wird postwendend der Frühstückstisch zum Austragungsort erkoren. Da reicht schon, daß die Lieblingstasse an der falschen Stelle steht. Schon ist die Butter zu hart, das Ei zu weich, der Schinken zu trocken, der Käse zu alt.

Mitunter ist man überrascht, mit welchem Einfallsreichtum solche Menschen arbeiten. Die knackigsten Brötchen werden als pappig deklariert, sonst himmlische Brombeermarmelade ist plötzlich zu süß und überhaupt nicht gut für die Figur. Wenn es schlimm kommt, steht man, ohne auch nur einen Happen anzurühren, vom Tisch auf!

Falls mitleidige Angehörige auch noch den Satz loslassen:

„Du hast ja gar nichts gegessen!“

gibt’s noch einen obendrauf:

„Und nichts getrunken, denn der Kaffee ist die letzte Brühe!“

In solchem Fall atmet alle Welt auf, wenn sich hinter jenem Nörgler die Haustüre schließt. Kaum ist der Krach vom Knall verhallt, blüht der Rest der Familie auf und genießt den wirklich mit Liebe gedeckten Tisch und seine Köstlichkeiten.

Abends haben Morgenmuffel ihre Schandtaten absolut vergessen. Sie zeigen sich charmant, höflich, äußerst liebevoll, als traumhaft umgängliche Leute und können von Geselligkeit nicht genug kriegen. Und während einer nach dem anderen müde in die Kissen fällt, dehnen sie den Tag bis tief in die Nacht aus.

Somit erklärt sich dann auch beim Weckerklingeln das morgendliche Verhalten!

Vorbeugen ist besser...

Unser heißgeliebtes Auto wird gepflegt und gehegt, und bereits bevor der Motor stockt und der Auspuff puckert, in die Werkstatt zur Inspektion gefahren.
Mit unserem Körper verfahren wir leider anders.
Erst wenn es hier ziept, dort zwackt und sämtliche Lämpchen in schrillem Rot aufleuchten, schleppen wir uns zur ärztlichen Reparaturstelle.
Dann wird geschluckt und gespritzt, damit die Maschine wieder in die Gänge kommt.
Seit sich diverse Minister nun intensiv um die Volksgesundheit kümmern, wird sich in Zukunft die Sache ganz neu gestalten.
„Vorbeugung" ist das Zauberwort!
Endlich wird dann auch der Mensch sein Inspektionsheftchen erhalten!
Nur, wer artig vorgebeugt, wird belohnt, falls sich tatsächlich mal ein Schräubchen lockert.
Aus diesem Grund habe ich mich wohl von ganz alleine zur „Inspektion" gemeldet.
„Halb acht Uhr, bitte nüchtern", sollte ich erscheinen.
So mit leerem Magen in aller Herrgottsfrühe in die kalte Welt gestellt, wollte mir gar nicht schmecken. Schon beim Verlassen des Hauses fühlte ich mich derart hundeelend, daß ich am liebsten wieder umgedreht wäre.
Beim Doktor angekommen, stürzte man sich wie ein Schwarm Mücken auf meine Venen und Fingerspitzen und pikste überall Löcher hinein, was ich als äußerst unangenehm empfand.
Schließlich reichte man mir kleine Töpfe und Tiegel, die ich an einem „stillen" Örtchen füllen mußte.

Man klopfte, zupfte, rüttelte, schüttelte und veranlaßte mich am Ende dieser Teststrecke auch noch, meinen zarten Oberkörper total zu entblößen. Eine geschlagene Viertelstunde durfte ich in einer kalten Umkleidekabine bibbern, um mich dann auf einem eisigen Röntgentisch auszustrecken.

Anschließend mußte ich mich, mit vielen kleinen Elektroden am Körper versehen, auf einem Fahrrad in Dampf und Schweiß strampeln.

Als Höhepunkt der Quälerei, wurde ich zu der folgenden Untersuchung mit einer Art kühlem Wackelpudding eingeschmiert und dann mit Ultraschall von innen beguckt.

Geschlagene drei Stunden dauerte die gesamte Prozedur, dann durfte ich mich wieder anziehen.

Mein Magen gluckerte aufmüpfig vor sich hin und mich prägte stark der Eindruck, man hätte mich quer und längs durch die Mangel gedreht. Zwar völlig entkräftet, war ich dennoch stolz darauf, daß ich die Sache mit der Vorbeugung so gut abhaken konnte.

Und wie glücklich fühlte ich mich, als man verkündete:

„Alles ohne Befund! Sie sind kerngesund!"

Dieser Zustand verdiente eine Belohnung. Und weil ich mich bereits mitten in der Stadt befand, habe ich mir ein kleines gemütliches Cafe‘ ausgesucht und bei einem gepflegten Frühstück meine vernünftige Haltung gefeiert.

Da war meine Welt noch in Ordnung!

Denn zwei Tage später lag ich schwerkrank danieder.

Bei meiner „Vorbeugungsaktion" hatte ich mich nämlich rundum erkältet!

Tagelang triefte meine Nase und die Bronchien fiepten bedrohlich aus dem letzten Loch. Blase und Niere waren diesem „Kälteangriff" offensichtlich überhaupt nicht gewachsen, ebenso der Darm. Ein Klo in absoluter Nähe bedeutete, für geraume Zeit, höchste Glückseligkeit.

Außerdem hing mein Magen total in den Seilen, ihm hatten die starken „Grippemittel“ den Rest gegeben.
Deshalb reduzierte sich meine Ernährung auf Tee und Zwieback, sonst nichts.
Klapperdürr und mit wunder Nase knabberte ich lange daran, zu meiner alten Gesundheit zurückzufinden.
Vielleicht handelte es sich aber auch nur um einen medizinisch eingeleiteten Härtetest, über den man mir, vonwegen der „Schweigepflicht“, vorher nichts verraten hat!

Der leidige Abwasch

Nennen sie mir den Menschen, der freiwillig in die Küche geht, abwäscht, abtrocknet, voller Inbrunst die Gläser poliert, alles wegstellt, die Handtücher zum Trocknen aufhängt, ins Wohnzimmer tänzelt und anschließend:
„Hach war das schön!“ trällert!
Man kann sagen, diese Abneigung gegen Schmutzgeschirr zieht sich wie ein roter Faden durch alle sozialen Schichten der Bevölkerung.
Oft zeigt sich solche Haltung, in puncto Tellerwäsche, in sogenannten Junggesellenhaushalten extrem deutlich.
Egal ob männlich oder weiblich schmurgeln da oft Berge verkrusteter Teller bis zu akutem Geschirrmangel vor sich hin.
Mancher hat sich in akuter Not sogar mit Pappgeschirr begnügt.
Seit die emanzipierte Frauengesellschaft die drei „K's“ (Kinder, Küche, Kirche) über Bord geworfen hat und lie-

ber auf der Karriereleiter herumklettert, klappt es auch in Familienhaushalten mancherorts nicht mehr.

Mit dem Abwasch!

Selbst hochkarätige Spülautomaten haben an dieser Front kaum für Ruhe und Ordnung gesorgt, denn immer noch gibt es bestimmte Töpfe, Gläser oder Goldrandtassen, die nicht in die Maschinen passen.

Welch ein Thema denkt mancher, gibt es da nicht weitaus tiefgreifendere Probleme auf der Welt. Gibt es!

Doch mit einer ordentlichen „Haushaltslage“ steht und fällt nun mal alles. Denn es kommt kaum Freude auf, wenn sämtliche Familienmitglieder zwar gemeinsam in langen, ausgedehnten Frühstücken schwelgen, aber immer nur ein und dieselbe Person in den unliebsamen Geschirrbergen versinkt.

Solche „Wäscher“ schmollen mitunter heftig, insbesondere wenn sich die anderen derweil in Hängematten lümmeln, wieder andere gründlich die Zeitung studieren, der Hausherr voller Kraft lieber das Auto wäscht und der Rest behauptet:

„Ich denke nicht daran mein wohlverdientes Wochenende mit solch schnöden Nichtigkeiten zu verplempern!“

Auch eingeworfene Klagen wie:

„Immer wird mir dieser Mist zugemutet, bin ich hier vielleicht der Sklave!“ nützen nichts!

Meistens wird noch vorgeschlagen:

„Laß es stehen, niemand zwingt dich!“

Doch nichts ist schlimmer als eine verkramte Küche, die kann einer ganzen Wohnung, ja einem ganzen Haus den Hauch übelster Verwahrlosung verleihen, und wer möchte das?

Allein die Tatsache, es könnte plötzlich Besuch auf der Matte stehen, klopft manch armes Seelchen weich, notgedrungen zu Bürste und Handtuch zu greifen.

Erstaunlich ist nur, mit welcher Selbstverständlichkeit der Rest der Familie diesen Alleingang duldet.
Es kann sogar passieren, daß Rufe aus dem Garten laut werden wie: „Bist du endlich fertig, es ist gleich vier Uhr, wann gibt es Kaffee, meine Güte, das geht aber schleppend!"
Solche Art „glückliches" Familienleben hat schon zu manchem Bruch geführt.
Erst beim Scheidungsrichter hat man sich dann wiedergetroffen und nach vollzogener Scheidung zum Abschied vielleicht gemeinsam ein gutes Essen im nächsten Restaurant genossen.
Die Stimmung ist in solchem Fall meist blendend, denn niemand mußte sich anschließend um den Abwasch kümmern.

Mozart am Telefon

Fast jeder hat sich schon mal darüber geärgert und fast vor Gram in den Hörer gebissen, wenn eine bereits siebenmal angewählte Telefonnummer auch beim achten Mal besetzt blieb?
Kein Wunder, wo heutzutage jeder bei jeder Kleinigkeit zum Hörer greift.
Wie habe ich in solchen Augenblicken geflucht und geschimpft, wenn schrilles Tuten in meinen Ohren dröhnte.
Neuerdings sehne ich mich genau danach zurück!
Hat man diesen Piepton doch, zumindest bei größeren Firmen und vielen öffentlichen Einrichtungen, abgeschafft und durch Sprache ersetzt.

„Bitte haben Sie Geduld, alle Leitungen sind zur Zeit besetzt...“, säuselt dann eine freundliche Dame.

Egal, wie ebenso freundlich man dankt, sie bleibt die Antwort schuldig, handelt es sich doch nur um ein seelenloses “Band“.

Meist dringt dafür erlesen klassische Musik mit fürchterlich blechernem Klang an die geschäftstüchtigen Ohren.

Geduldig lauschend bleibt man sitzen und überbrückt, von der Musik ruhig gestimmt, die Zeit mit kleinen Entkrümelungen und Aufräumarbeiten am Schreibtisch.

Ausgerechnet handelte es sich um ein Gespräch nach München!

Somit ratterte der Gebührenzähler in flottem Tempo, während sich die “Kleine Nachtmusik“ zu einem teuren Konzertvergnügen mauserte.

Nachdem alle Bleistifte gespitzt und gleichmäßig wie Soldaten nach Norden ausgerichtet lagen, wurde mir die Sache zu bunt.

Ärgerlich knallte ich den Hörer auf! Für die Gebühren, die sich da ansammelten, hätte ich bequem zwei Fahrkarten nach München lösen können!

Also wählte ich erneut, in der Hoffnung, gleich eine Freileitung zu erhaschen.

Gefehlt, das Spielchen begann von vorn.

„Bitte haben Sie Geduld ...“, und wie gehabt, anschließend Mozart.

Der Anruf war für mich sehr wichtig, also verblieb ich zähneknirschend in der musikalischen Warteschleife. Diesmal heftete ich sämtliche Bankbelege ab und entrümpelte eine Schublade. Endlich – nach fünfundzwanzig geschlagenen Einheiten – die erlösende Verbindung ...

„Ich möchte bitte Herrn Fischer von der Auslieferung sprechen!“

„Jawohl, einen Augenblick bitte!“

Es knackte, piepte, vermutlich wurde ich direkt verbunden. Da sang plötzlich ein Mann mit kräftiger Stimme:
„De e r Voooogelhändler woooooohl beeeekaaaannt...",
„Herr Fischer?" fragte ich erstaunt, da wurde mir klar:
Wieder Mozart, wieder Warteschleife!
Aber nun befand ich mich unmittelbar vor dem gewünschten Teilnehmer, da gab es kein Aufgeben mehr, ich hielt durch.
Nach abermals zig Einheiten Konzert endlich die ersehnte Verbindung.
„Ja, hier Schmidt!"
„Ich möchte bitte Herrn Fischer von der Auslieferung, es geht um den Posten ..."
„Da kann ich Ihnen nicht helfen, Herr Fischer ist bis nächste Woche Donnerstag in Urlaub. Bitte rufen Sie dann wieder an!"
Ich möchte hier verschweigen, was ich Herrn Schmidt erzählt habe.
Auf jeden Fall habe ich ihm derbe Flötentöne beigebracht.
Mein Monolog hätte garantiert für eine tragische Oper gereicht!
Nur der arme Mann konnte nichts dafür, mit zitternder Stimme gestand er:
„Ich bin doch hier nur zur Aushilfe!"
Nun überlege ich, ob ich nicht gleich nach München fliege, denn bei den "Konzertgebühren" bliebe es ein Preis!

„Örtliche“ Notizen...

Auch, wenn wir heutzutage Arm in Arm mit Mutter Natur leben, so können wir uns längst nicht einfach in die Büsche schlagen, wenn uns ein menschliches „Rühren“ quält.

Manchen gelingt es, obwohl sie öffentliche „Einrichtungen“, vonwegen der oft starken Geruchsbelastung, meiden, dieses Bedürfnis bis daheim einzuhalten. Aber meistens wird es dringlich und ein solches Örtchen ist nicht zu umgehen. Hat man sich „erleichtert“, gilt es anschließend, obwohl man mit dem Fuß die Spülung und mit dem Ellenbogen die Türklinke betätigt hat, ordentlich die Hände zu reinigen.

Eigentlich ein profaner Vorgang, der sich allerdings zu einem Hindernislauf entwickeln kann, denn jene Zeiten, wo man einfach den „Hahn“ aufdrehte, sind vorbei!

Die technische Entwicklung hat hier gewaltigen Einzug gehalten. Somit gilt es erst einmal hochkomplizierte „Wasserspender“ zu überlisten. Insbesondere, wenn sie mit sogenannten Fotolinsen ausgestattet sind, die nur auf Bewegung reagieren.

Das kann sich zu einem Tänzchen ganz eigener Art ausweiten.

Anfangs lehnt man sich leicht vornüber, nicht zu nah, etwas zurück oder vielleicht mehr rechts. Schließlich wedelt man hilflos mit den Händen rauf und runter?

Nichts geschieht! Verzweifelt hopst man wie ein Hase vor dem Becken hin und her. Sprudelt endlich das ersehnte Wasser, kriegt man einen Schreck!

Ist das bewältigt, geht das Theater mit dem Seifenspender

los. Ebenfalls eine verwirrende Prozedur, bei der reichlich gedrückt, gezogen oder gedreht werden darf.

Jene Möglichkeiten allerdings ausfindig zu machen, erfordert ausgefeilte kriminalistische Fähigkeiten, denn meistens ist der „Druckknopf“ irgendwo versteckt und so angelegt, daß man sich sämtliche Finger verbiegt.

Vielfach quietscht dann rein zufällig aus irgendeiner Ritze eine seifige Pfütze.

Sollten wir dabei allerdings unsere Haltung verändert haben, versiegt ganz still das Wasser wieder.

Aber geschult, wie wir inzwischen sind, kriegen wir auch das geregelt. Zwar blitzblank, tropft und trieft es nun kräftig von den Händen.

Für den sogenannten Trocknungsvorgang wiederum bieten sich ebenfalls drei Möglichkeiten:

„Papiertücher, Handtuchrolle oder Gebläse!“

Das erstere ist zwar problemlos, aber nicht sehr umweltfreundlich, denn welche Verschwendung, greift man zu einem Blatt, erwischt man gleich drei oder auch vier.

Einen besonderen Service bietet das sogenannte Endloshandtuch, welches mit ordentlich viel Muskelkraft von der Rolle gezogen werden muß.

Gelingt's, ist's gut!

Mancher hat jedoch schon inniglich, aber vergeblich förmlich daran gehangen. Aber schließlich hat alles, auch ein „Endloshandtuch“, mal ein Ende.

Und egal wo ich hinkomme, habe ich dieses Ende scheinbar abonniert.

In solchen Augenblicken muß man die Kunst beherrschen, sich mit zwei Quadratzentimetern Seitenrand zu frottieren. Signalisiert uns doch die speckig schwarze Mitte, wieviele vor uns bereits kläglich versagten.

Als letzte Möglichkeit bleibt der Heißlufttrockner, jener entspricht kaum seinem Namen, haucht er doch meist nur

lauwarm vor sich hin. Verärgert verläßt man dann das Örtchen und wischt beim Rausgehen alle Restfeuchtigkeit am Pullover ab.
Sehnsuchtsvoll denken wir in solchen Augenblicken an unser hochkultiviertes Badezimmer mit den vielen flauschigen Frotteetüchern, duftender Seife und puschelwarmem Warmwasserboiler, wo wir nach Herzenslust planschen und uns anschließend in einen kuscheligen Bademantel wickeln können.
Aber deshalb zieht es uns ja immer wieder nach draußen, damit wir schätzen lernen, wie gut wir es zu Hause haben!

„Das muß net sein..."

„Knack", sagte es, und ich hatte mein Brillenglas in der Hand. Dabei wollte ich es nur putzen. Ohne Lesebrille war ich aufgeschmissen, genaugenommen blind wie ein Maulwurf.
Deshalb sprang ich flugs ins Auto und fuhr zum Optiker.
Verzweifelt schilderte ich der netten Dame im Laden meine Not.
Diese lächelte verbindlich:
„Eine Kleinigkeit für uns. Bitte nehmen Sie Platz!"
Ich atmete auf: Der Tag war gerettet!
Bei solch guter Botschaft schaute ich mich fröhlich um, was es sonst noch in diesem freundlichen Brillenparadies zu erleben gab.

An der nachbarlichen Theke beispielsweise wühlte ein älteres Ehepaar, das bestimmt bald der goldenen Hochzeit entgegenstrebte, angestrengt in ein paar Dutzend Brillengestellen herum.

„Diese würde mir gefallen, sie ist nicht teuer, die reicht für mich! Wer weiß, wie lange ich überhaupt noch eine Brille brauche", meinte die Frau und tippte auf eine zartrosa Brille.

„Das sehe ich ganz anders, Mutter. Es könnte unsere letzte Brille sein, und deshalb meine ich, du solltest dir etwas total nach deinem Geschmack aussuchen, egal wie teuer", bemerkte ihr Mann liebevoll energisch.

„Ja, wenn das so ist", schnellte der Verkäufer freudig, der sich bis dahin mehr teilnahmslos an seinem Verkaufstresen gelümmelt hatte, in die Höhe.

„Dann schauen Sie doch mal hier hinein!"

Völlig aus dem Häuschen geraten geleitete er das Paar an eine große, hell erleuchtete Vitrine voller Brillengestelle.

„Welch eine Menge", staunte die Frau.

„Das sind längst nicht alle, ich habe noch Hunderte von Modellen in den Schubladen!" flötete der plötzlich eilfertige Verkäufer voller Verzückung, indem er einladend mit den Armen in Richtung Schubladen wedelte.

„Mir reicht eine", winkte die Frau ab und griff sich ein formschönes Gestell heraus.

„Aber welche? Diese finde ich schön", sprach sie und setzte sie probehalber auf.

„Nee," protestierte der Mann, „die gefällt mir nicht. Wenn du die Brille aufsetzt, dann mußt du ja auch für mich hübsch aussehen!"

Er lachte und nahm sein Frauchen liebevoll in den Arm.

Ein schöner Anblick bei der hohen Scheidungsrate, die überall auf der Welt herrscht.

„Schau mal, die hier find ich richtig pfiffig und schön", setzte er ihr eigenhändig ein golden glitzerndes Gestell auf

die Nase. Dabei lächelte er sein altes Mädchen so durch und durch liebevoll an, als hätte er sich frisch in sie verliebt. Die ovale Form hatte etwas nostalgisches und modisches zugleich.
„Nee, die hat zuviel Metall, außerdem bin ich etwas allergisch bei Metall!“
„Dem kann umgehend abgeholfen werden, denn ich habe das gleiche Modell in einer Hornausführung, eine Designerbrille, total im Trend – allerdings etwas teurer!“
Respektvoll präsentierte der Verkäufer das Schmuckstück, als lägen die englischen Kronjuwelen auf dem samtenen Kissen.
„Nee, was will ich mit ’ner Designerbrille, so hochmodisches Zeug paßt nicht zu einer Antiquität wie mir, das muß net sein!“
„Mutter, du sollst dir was Außergewöhnliches leisten, du warst das ganze Leben bescheiden; damit ist jetzt Schluß!“ drängte ihr Mann sanft, als wäre nur noch wenig Zeit, um füreinander etwas Gutes zu tun.
„Wenn du meinst, aber ich habe jetzt so viele aufgesetzt, ich weiß gar nichts mehr...“, lenkte die Frau mit bereits rotglühenden Wangen ein, denn die ganze Aktion strengte sie inzwischen ordentlich an.
„Ganz ehrlich, die Ausführung hier gefällt mir am besten, ohne Ferz und Schnörkel, schließlich braucht ich sie nur zum Lesen. Basta, die nehme ich jetzt!“
„Mir gefällt sie auch. Ich finde dich gut, wie du grad bist!“ bekräftigte der alte Herr die Entscheidung seiner Frau und legte behutsam seinen Arm um sie.
„Bitte schön, Ihre Brille ist fertig“, weckte man mich aus meinen Betrachtungen.
Nur schwer konnte ich meinen Blick von diesen netten alten Leuten wenden.
„Was habe ich zu zahlen?“
„Nichts, das ist bei uns Kundendienst!“
„Danke schön, bis zum nächsten Mal.

Übrigens, die Brille gefällt auch mir gut!" wandte ich mich an die beiden. Mir war einfach danach, das mitzuteilen.
„Danke", lächelte das Pärchen verlegen, und ich verschwand.

Nicht mein Tag

Es gibt Tage, da weiß man es schon morgens und kann abends nur bestätigen:
„Das war nicht mein Tag!"
Kaum hat man einen Fuß aus dem mollig warmen Bett gesetzt, stellt das Schicksal schon ein Beinchen.
Beziehungsweise tastet der rechte Fuß vergeblich auf dem Boden herum, denn es fehlen gnadenlos die heißgeliebten Hausschuhe, in die man sonst nur flink hineinschlüpft.
Irgendein Geist oder vielleicht man selbst hatte diesen Latschen viel zu weit unter das Bett geschubst.
Da hilft nichts, ab auf die Knie!
Wurde das begehrte Stück endlich mühevoll eingesammelt, hängt man ermattet von soviel sportlichem Einsatz über der Bettkante!
Eine ganze Weile wird dann gründlichst darüber nachgedacht, ob es nicht besser wäre, ganz schnell ins kuschelige Bett zurückzuhuschen.
Nachdem ich neulich Gedanken solcher Art mutig zur Seite schob, nahm mich der Tag fest in die Mangel.
Alles ging schief:
Die Zahnpasta ließ sich nicht finden!
Die Dusche spendete nur kaltes Wasser!

Während ich die Zeitung aus dem Briefkasten holte, drang merkwürdiges Plätschern an mein Ohr. Wie sollte es anders sein, die Kaffeemaschine sprudelte über und feinkörnige Kaffeebrühe lief quer durch die Küche.
Ebenso trostlos gestaltete sich der Rest des Tages.
Das Benzin ging kurz vor der Tankstelle aus.
Ich fühlte mich vom Schicksal geprügelt, es half nichts, mühevoll zu Fuß mußte ich Nachschub holen.
Endlich bei meiner Sparkasse angekommen, hatte man bereits geschlossen, so fuhr ich mittellos heim.
Dort entschloß ich mich, etwas im Garten zu tun.
Kaum hatte ich ein paar Krumen Erde bewegt, begann es fürchterlich zu regnen.
Sicher wäre es in diesem Moment besser gewesen, mit einer Wärmflasche ins Bett zu gehen.
Aber da ich bereits über Berge von Schmutzwäsche stolperte, entschied ich mich zu waschen.
Vergeblich!
Gab doch die Waschmaschine prompt den Geist auf!
Verzweifelt rief ich den Mechaniker, dieser machte gleich ein sehr, sehr, sehr bedenkliches Gesicht, kündigte gnadenlos das Ende dieser „Mühle" an!
„Für solch ein Schrottding gibt es keine Ersatzteile. Bei den hohen Reparaturkosten, gute Frau, stehen Sie sich mit einem neuen Gerät besser", meinte er beschwörend. Diese Entscheidung bedeutete aber eine immense finanzielle Belastung...
Inständig bat ich ihn deshalb, diesem betagten Vehikel doch eine letzte Chance zu geben.
Er erhörte mein Flehen, löste mit ein paar geschickten Griffen die Rückwand und tauchte ab in die geheimnisvolle Welt der Kabel und Schläuche.
Ich hielt den Atem an!
Und siehe da:
Es waren weder Ersatzteile, noch komplizierte Arbeiten

nötig. Eine kleine Maus hatte sich im Gewirr der Drähte verheddert, ihr kleines Leben ausgehaucht und somit das gesamte Schaltsystem blockiert.
Etwas angewidert zog er den winzigen, mumifizierten Leichnam am vertrockneten Schwänzchen empor.
Schon war die Maschine betriebsbereit!
Trotz dieses für die Maus tragischen und mich glücklichen Ausgangs hatte ich die Nase voll von diesem Tag!

Kleine Freuden...

Armin malte seit vielen Jahren die schönsten Bilder, fand aber kaum Abnehmer dafür. Und da sich die Exponate bereits in Stube und Küche stapelten, nahm er all seinen Mut zusammen und mietete sich einen Stand auf dem Flohmarkt.
Fast alle Bilder, die er besaß, hatte er um sich herum ausgebreitet.
Bei dieser Aktion kam er sich ganz schön ulkig vor, zumal sich der Besucherandrang ziemlich in Grenzen hielt.
Und die wenigen Kunden, die vor seinem Stand verweilten, zeigten zwar reges Interesse, aber keine Kauflust. Mit gespreizten Fingern klappten sie in den Bildern herum, mäkelten hier am Rahmen, oder dort an der Farbgebung. Zeigten sie schließlich für ein Exponat Interesse, störte sie der Preis! Ganz schlimme Leute ließen ihn mit dem faden Versprechen zurück, morgen wiederzukommen.
Verzweifelt über solche Pleite, rauchte er eine Zigarette nach der anderen.

Als Trost blieb ihm, daß andere Händler in gleicher Weise klagten.
Tendenz lustlos!
Gerade in dem Augenblick, wie er die Kippen im Aschenbecher zählte, kam ein junger Mann, so Mitte zwanzig, schnurstracks auf seinen Stand zu.
Eine düstere Gestalt, von oben bis unten in schwarzes Leder gekleidet. Trotz seiner Jugend prägte eine tiefe Stirnfalte das blasse, fast weiße Gesicht und verlieh ihm grobe Züge. Sein Kopf war kahlgeschoren, allein ein Büschel, ähnlich einem Rasierpinsel war noch obendrauf stehengeblieben. An seinen Handgelenken klimperte eine Menge silberner Armreife und auf den Fingern beider Hände steckten viele dicke Ringe mit Drachen, Schlangen und Löwenköpfen.
„Tach", grüßte der Mann mehr als muffig.
Wortlos tippte er auf eines der Bilder:
„Was kriegste?"
„Vierhundert Mark!"
Meinte Armin ebenso knapp. Er konnte das Geschehen nicht so ganz fassen.
Ohne zu zögern zog der junge Mann ein faustgroßes, zu einer Rolle zusammengepreßtes Bündel Hundertmarkscheine aus der Tasche und blätterte einige davon auf den Tisch.
Nahm das Bild und verließ postwendend den Stand.
„Tschüs!" Armin blieb sprachlos zurück.
Fast mechanisch sammelte er die ziemlich verdrehten Scheine ein, ebenso mechanisch zählte er nach.
Dabei mußte er feststellen, daß ihm der Typ einen Hunderter zuviel gegeben hatte.
Ohne auch nur eine Sekunde zu zögern, lief Armin hinter dem Mann her. Da er sich nur ein paar Stände weiter aufhielt, hatte er ihn bald erreicht und tippte ihm auf die Schulter.

„He, du hast mir hundert Mark zuviel gegeben!“
Drückte er dem Mann den Schein in die Hand.
Dessen Gesicht wurde noch blasser, total ungläubig starrte er auf das Geld.
„Das gibt’s nich“, sprach er leise, mehr zu sich selbst.
„Es gibt noch ehrliche Menschen“, wiederholte er mehrfach den gleichen Satz, um scheinbar zu begreifen.
Nach einer Weile zog ein Lächeln über sein Gesicht, als hätte er nach langer Dunkelheit zum ersten Mal wieder die Sonne gesehen.
Ganz langsam holte er das riesige Knäuel Geld aus der Tasche und wickelte den Schein dazu. Während er das tat, schaute er Armin unentwegt nach, als hätte er gerade das erste Wunder in seinem ganzen Leben erlebt, und sein Gesicht blieb voller Freude.
Armin kletterte glücklich in seinen Stand zurück, endlich hatte er etwas eingenommen, auch für ihn sah die Welt jetzt anders aus.

Wenn süß das Mondlicht...

Wer kennt das nicht?
Vollkommene Zufriedenheit müßte uns erfüllen, trotzdem gehen wir mit unseren Mitmenschen ungeduldig um. Das fängt schon damit an, daß die Zeitung morgens im Briefkastenschlitz klemmt. Genervt zerren wir sie heraus, ein Stück bleibt in einer Ecke hängen, ein Riß, und in der Titelseite klafft ein Loch.
Muffig schieben wir den Rest der Familie aus dem Haus. Eigentlich alles macht uns nervös.

Egal wie, es stört die Fliege an der Wand und mit einem kräftig gezielten Schlag ist sie auch sehr bald erledigt.

In solchen Zeiten innerlicher kribbel–krabbeliger Unruhe zeigen sich glatt alle mürben Stellen in unserem Leben. So verbringt man den Tag mit der Bewältigung kleiner Kalamitäten und fällt abends kaputt, wie durch die Mangel gedreht, ins Bett.

Todmüde hat man nur den einen einzigen Wunsch, diese mißliche Welt zu vergessen und nichts als zu schlafen, schlafen, schlafen...

Mir ging das neulich ähnlich... Aber nur für winzige Momente gelang es mir zu schlummern. Obwohl ich meine Augen fest geschlossen hatte, war ich plötzlich knallwach!

Wenige Augenblicke später saß ich kerzengerade im Bett! Obwohl mehr ruhebedürftig, hätte ich glatt Bäume ausreißen oder sonstwie meine Kräfte messen können.

Von dieser inneren Zerrissenheit getrieben, schmiß ich mich zurück in die Kissen.

Doch als würden in mir tausend Ameisen den Körper rauf und runterlaufen, wälzte ich mich anschließend von einer Seite auf die andere. Viele Gedanken purzelten durch mein Hirn, gute, schlechte, in wildem Wechsel.

Dann wieder zogen scheinbar tausend Sandmännchen an meiner Bettdecke, denn ein wilder Kampf begann, bei dem mal die Füße, oder die Schultern aus den Kissen lugten.

Hatte ich alles ordentlich wieder zugedeckt, wurde mir brütend heiß in den Federn.

Um mich abzukühlen ließ ich erst den rechten dann den linken Fuß zum Lüften rausgucken.

Nach einer Weile fing ich aber wieder an zu frösteln.

Es war grausam, das Gewühle. Ich kam mir vor wie in einem Karussell.

Schließlich klappte ich die Zudecke weg und setzte mich auf die Bettkante:

„Warum!“ fragte ich, „mach ich hier solch einen Terz?“
Völlig kaputt gab ich auf, ging in die Küche und trank ein Glas Milch.
Da fand ich beim Blick aus dem Fenster des Rätsels Lösung:
Ein dicker, fetter, gelber, kugelrunder Mond stand hell und grell am nächtlichen Himmel.
Vollmond nennt man das wohl!
Kein Wunder, da kugelten sich ganze Generationen schlaflos auf der Matratze und manche trieb es sogar süchtig auf die Dächer.
Ich konnte nicht anders und ging mit meinem Glas Milch in den Garten hinaus.
Taghell war es dort. Jeden Grashalm konnte man erkennen. Die sanften Hügel leuchteten in gleißendem Licht, während der Mond wie eine riesige Lampe von seinem hohen Platz herabstrahlte. Die Sterne um ihn herum glitzerten blitz–blankgeputzt. Eine verspätete Grille lieferte dazu ein vorzügliches Konzert.
Der Wind strich ganz leise durch die Bäume und spielte zärtlich mit meinem Nachthemd. Wohltuende Stille lag über dem Land. So überwältigend war diese Ruhe, daß mir unweigerlich die Zeilen:
„Guter Mond, du gehst so stille...“ einfielen.
Keine Angst, ich habe nicht gesungen.
Aber etwas wunderbares geschah! Beim Anblick dieses gewaltigen Firmaments wurde mir meine Winzigkeit klar.
Und wenn ich so ein Winzling war, dann schienen alle quälenden Gedanken mehr als unnötig, dachte ich mir.
Je länger ich zu diesem prächtigen Himmel aufsah, um so ruhiger wurde ich.
Irgendwann stiefelte ich schlaftrunken in mein Bett zurück und schlief endlich selig und süß.

Banges Hoffen

Weil man mit dem Auto oft nach wenigen Kilometern im nächsten Stau erstickt, habe ich die gute alte Eisenbahn wiederentdeckt. Deshalb führt mich mein Weg in letzter Zeit immer häufiger zum Bahnhof.

Ganz nebenbei entwickelte ich sogar eine stille Schwärmerei für diesen Platz.

Dort pulsiert das Leben, und es gibt immer viel zu sehen. Als ich an jenem Tag die große Halle betrat, pulsierte allerdings recht wenig, es ging eher ruhig zu. Junge Leute hockten völlig unbekümmert auf der Erde und futterten ihre mitgebrachten Butterbrote, während es sich gleich daneben ein deutlich übernächtigter Mann mit stoppeligem Bart und strubbeligen Haaren auf seinen vielen Tüten und Taschen gemütlich machte. Sein Mittagessen ersetzte ein kräftiger Schluck aus der Weinflasche.

Laut hörbar rülpsend informierte er die Umgebung, daß es ihm geschmeckt hatte.

Von weitem kündigte sich mit donnerndem Getöse ein einfahrender Zug an.

Kurz darauf wurde es in der Halle sehr lebendig.

Zielstrebig und durcheinander flitzende Leute beendeten die anfänglich dahinplätschernde Beschaulichkeit.

Doch nur wenige Minuten dauerte dieser Spuk, schon war die Welle der Hektik wieder vorbei, und das alte Bild der Gelassenheit kehrte zurück.

Allein ein junger Mann, so um die zwanzig, mit modischem Lederrucksack auf dem Rücken, war wie Strandgut von dem eiligen Menschenstrom übriggeblieben.

Er wirkte gleich auf den ersten Blick wie bestellt und nicht abgeholt. Unruhig und völlig irritiert schaute er nach links, rechts, schließlich in alle Ecken der Halle, lief nach draußen vor die Tür und wieder rein. Dabei hielt er krampfhaft eine rote Rose wie ein Fähnchen in seiner Hand, den Rest konnte ich mir denken.

Genervt schaute er zur Bahnhofsuhr hoch, dann wieder und wieder auf seine Armbanduhr, dabei wechselte sein Gesichtsausdruck von hoffnungsvoller Erwartung zu stiller Resignation.

Nachdem er mehrmals planlos auf und ab gelaufen war, blieb er plötzlich stehen, als sei ihm ein rettender Gedanke gekommen. Eilig kramte er in seinen Jackentaschen und zog schließlich einen weißen Brief hervor. Schnell überflog er die Zeilen, doch wohl ohne Erfolg, denn seine Mimik verdunkelte sich mehr und mehr.

Je weiter der Zeiger auf der Uhr sich vorwärtsschob, um so trauriger wurde er, selbst die Rose in seiner Hand senkte bald welkend ihren Kopf.

Ich litt mit ihm, denn wenn im Leben die Zeit sonst schnellstens durch die Finger rinnt, solche Augenblicke des Wartens ziehen sich hin wie Sirup, und Sekunden werden zu Stunden.

Wieder hörte man das dumpfe Einrollen eines Zuges, kurze Zeit später überflutete erneut eine Menge Menschen die Halle.

Diesmal blieb ein junges Mädchen, ebenfalls mit einem schicken Rucksack und pfiffig hochgestecktem blondem Haar, übrig.

Und dann passierte es, trotz starker Bewölkung ging plötzlich leuchtend hell die Sonne auf:

Er hatte sie entdeckt!

Und sie ihn!

Freudig lief man aufeinander zu und drückte und knuddelte sich überglücklich, daß die Rosenblätter nur so rieselten.

Ich atmete auf, als die beiden schließlich innig umschlungen von dannen zogen.
Wieder fuhr ein Zug ein, und diesmal mußte ich mich bereithalten, denn nun kam mein Besuch ...
Er kam pünktlich!
Und, kaum zu fassen, ebenfalls mit einer wunderschön duftenden roten Rose in der Hand!

Mein Leibgericht

Mein wichtigster Küchengrundsatz lautet:
„Hast du einen Sack Kartoffeln im Haus, bist du besser dran als mit einem Klumpen Gold."
Denn in Gold kann man bekanntlich nicht hineinbeißen.
Letzten Herbst hatte ich nach dieser Weisheit gehandelt und gleich drei dicke, pralle Säcke in den Keller gestellt.
„Der Winter ist lang", hatte ich gedacht und, „man kann nie wissen, was sich so ereignet ..." mich voll abgesichert.
Am Winter kann es nicht gelegen haben, denn der hatte sich fast bis in den Sommer hineingezogen.
Auch wurden keine Diäten eingehalten, der Tisch war immer reichlichst gedeckt. Mein Kartoffelvorrat allerdings wurde immer mehr, statt weniger, ähnlich wie der Brei im Schlaraffenland.
Ein höchstlöblicher Zustand, würde mancher sagen.
Nur stand bald die neue Ernte ins Haus, und ich saß immer noch auf meinen alten Kartoffeln.
Wobei man ihnen das Alter kaum ansehen konnte, sie waren weder schrumpelig, noch keimten sie stark. Es wäre

eine Sünde gewesen, sie heimlich still und leise auf den Kompost zu schütten.
Deshalb habe ich Gerichte auf den Speiseplan gesetzt, bei denen diese edle Knolle im Vordergrund stand: Kartoffelsuppe, -brei, -auflauf, Kartoffeln gegrillt, gebacken, frittiert, paniert, Kroketten, ein ganzes Kochbuch habe ich quer und längs durchgekocht.
Eine gute Idee, mußte ich feststellen, denn nun gruben sich tiefe Löcher in den ominösen Vorrat. Trotzdem war's nur ein Minimum im Vergleich zu dem Tag, als ich „Puffer" auf die Speisekarte setzte.
Da stolze Besitzerin einer großen Küchenmaschine, rieb ich eine solch riesige Schüssel voll, daß man bequem ganze Kompanien hätte damit füttern können.
Doch ich hatte keine Angst vor dieser Portion, denn abgesehen von den Mitessern an meinem Tisch, rechnete ich mich persönlich als größten Abnehmer, sind doch Kartoffelpuffer meine liebste Speise.
Würde man alle Puffer aneinanderfügen, die ich im Leben schon gegessen hatte, könnte man die ganze Erde, na ja, ich will nicht angeben, aber mindestens das Haus damit umspannen.
Wenn ich Puffer zu fassen kriege, werde ich maßlos, verfalle ich in schiere Freßsucht, so daß mir das Fett nur aus den Lefzen tropft.
„Kind, kau erst einmal richtig, du schlingst ja wie ein Hund. Niemand nimmt dir etwas weg", warnte schon meine Mutter.
Voller Bangen schaute sie mir zu:
„Du lieber Himmel, du erstickst noch dran!"
Mich kümmerten ihre Warnungen wenig, denn beim Trinken meinte sie auch, ich würde wie eine Ente trinken.
So verputzte ich ungerührt vierundzwanzig Puffer hintereinander ohne geringste Anzeichen, jeden Augenblick zu platzen.

Aber ich bin nicht allein mit meiner Maßlosigkeit. An jenem Puffertag stellten sich nämlich sehr bald schnüffelnde Nachbarn, „zufällig“ vorbeikommende Freunde, Nichten und Neffen ein.
Dicht drängelten sie um den Ofen herum. Nicht einem einzigen Puffer blieb die Chance, abzukühlen. Ein duftendes Exemplar nach dem anderen wanderte direkt von der Pfanne in den Mund.
Unermüdlich langten flinke Hände über meine Schulter und ruckzuck verschwand Puffer für Puffer brutzelheiß.
Dreimal habe ich eine „Nachreibung“ einlegen müssen, bis die Gesellschaft endlich fröhlich rülpsend über Tischen und Bänken hing und pappsatt stöhnte:
„Wir können nicht mehr!“
Ich fiel total erschöpft mit glühenden Wangen auf den nächsten Stuhl.
Und merkte erst da: man hatte mir nichts übrig gelassen!

Butler gesucht...

Waschen kann heute jedes Kind, ein Knopfdruck, ein Schippchen Pulver oder Flüssigseife, vielleicht noch ein paar Ultraperlen, und schon trudelt die Wäsche durch die Trommel. Nerviges Piepen oder Summen läßt uns schließlich in den Keller flitzen, um die weithin frühlingsfrisch duftende Wäsche in Empfang zu nehmen. Auch der Trocknungsvorgang ist schnell absolviert.
Vorbei sind die Zeiten knipseliger Klammerleinen mit im Wind zappelnden Unterhosen.

Heutzutage wirft man die ganze Chose in den Trockner, Knöpfchen gedrückt und alles ist husch fertig.
Doch bald wird es ernst, denn irgendwann wird diese Wäsche trocken und wartet darauf, geglättet zu werden.
Pah, da kann sie mitunter lange warten!
Denn laut demoskopischer Umfrage nannten 85% der befragten Bundesbürger, egal, ob Männchen oder Weibchen, bei der Frage, was ihre unliebsamste Hausarbeit sei, klar und deutlich:
„Das Bügeln!"
Zu diesen 85 % gehöre auch ich!
Selbst wenn ich mir in dem Moment, wo ich die herrlich duftende Wäsche aus dem Trockner nehme, schwöre, alles gleich zu bearbeiten, kommt stets etwas dazwischen. Und schon entschwinden sie, die gemütlichen Bügelstunden vor dem Fernseher.
Eiligst wird aus dem Wäscheberg das Blüschen für den Abend rausgezupft, geglättet und schnell das Eisen wieder ausgestellt.
Am nächsten und den folgenden Abenden das gleiche Spiel. Und eh ich mich versehe, ist die nächste Portion Schmutzwäsche fällig. Posten für Posten wird durch die Maschinen gejagt und staut sich in der Warteschleife des Bügelbergs, darauf harrend, daß eine Fee mit heißem Eisen erscheint.
Aber Feen sind rar!
Kein Wunder, daß bald mehr Wäsche in meinen Körben schlummert als im Schrank.
Selbst wenn es mir schon mal in einem Anfall von Arbeitseifer gelang, ein gutes Stück wegzuarbeiten, wurde ich prompt von hinten mit Schmutzwäsche überrollt.
Ein Kreislauf ohne Ende!
Und so wie früher „Hausfrauen" über wundgeriebene Finger bei der Wäsche klagten, leide ich unter dem Wundsein meiner Seele, daß ich trotz Automatisierung nicht über

meinen Bügelberg hinweggucken kann.
Deshalb wünsche ich mir einen Butler, so einen würdevollen, dienstbaren Geist, der rundum für die Pflege der Garderobe sorgt.
„James“, würde ich dann flöten, „bitte die graue Seidenbluse mit den kleinen Fältchen in der Passe!“
„Sofort Madam!“
„Au verflixt, mein Finger!“
Habe mich grad am Bügeleisen verbrannt, denn für Sekunden war ich wohl ins Träumen geraten.

Köche, Töpfe, Tiegel, Teller...

Zu Hause kochen, so mit allem Schnick und Schnack, ist ja „in“ und macht großen Spaß, aber der Abwasch hinterher mit verklebten Tellern und angebackenen Töpfen birgt eine schreckliche Ernüchterung.
Denn erlesene Küchenmeister machen in der Regel viel Abwasch, halten es aber unter ihrer hohen „Goldenen-Kochlöffel-Würde“, das Schlachtfeld anschließend aufzuräumen. Oder haben sie schon mal einen Meisterkoch mit Wurzelbürste ellbogentief in trübem Abwaschwasser planschen sehen.
Deshalb ziehe ich dem „Hick-Hack“ um die Küchenreinigung, eine gemütliche Einladung in ein vornehmes Restaurant vor.
Feine Hirschfilets in Sahnesoße essen sich sowieso viel edler im Frack!

Und Champagner im Jogginganzug gilt nicht gerade als gelungene Kombination!

Daheim ist man nämlich zu faul, sich dem Essen entsprechend zu kleiden, denn kaum einer zwängt sich am heimischen Herd ins kleine Schwarze.

Also habe ich mich neulich einladen lassen.

Nach dem Motto: „Fein friert nicht“, hüllte ich mich in flatternden Chiffon. Da die Witterung sich kaum meiner Kleidung anpassen wollte, wurde ein Taxi gerufen, so konnte uns nichts passieren.

Das Lokal lag romantisch versteckt in einem kleinen Park, im Sommer eine lauschige Gelegenheit zu flanieren und spazieren. Flink hüpften wir über ein paar Pfützen, die der letzte Regen zurückgelassen hatte. Ich freute mich schon riesig auf das ausgiebige Essen und den guten Wein, der meine fröstelnden Knochen bald mit wohliger Wärme durchfluten würde.

Als wir um den letzten Rhododendron bogen, sahen wir etwas, was uns tief bestürzte.

Alles war dunkel, zugeschlossen. Ein großes Schild baumelte lieblos schief hinter der Glasscheibe.

„Heute Ruhetag“.

Gerade in jenem Augenblick hörte man den aufheulenden Motor des Taxis. Dann waren wir mit dem Schild und dem Regen allein.

Schlotternd vor Kälte, denn Chiffon hat ja bedauerlicherweise so gar nichts Kuscheliges, hüpften wir, selbstverständlich weniger fröhlich, über die Pfützen zurück.

Weit und breit natürlich kein Telefon!

Wie erstaunt und erfreut waren wir, als wir die Straße erreichten und gleich schräg gegenüber ein blitzblankes, sehr einladend wirkendes Edelbistro entdeckten.

Es glitzerte noch funkelnagelneu, sicher war dieses Lokal erst seit kurzem eingeweiht.

Wir vergaßen alles Mißgeschick und steuerten die hellerleuchteten Fenster an. Eilig drückte ich auf die Klinke, doch stieß ich auf harten Widerstand.
Die Türe blieb zu!
Ein ebenfalls schräg baumelndes Schild verkündete:
„Geschlossene Gesellschaft!"
Ich kam mir vor wie Aschenputtel mit falschem Prinzen an der Hand.
Vollkommen enttäuscht traten wir, selbstverständlich zu Fuß, den Heimweg an. Die letzte Rettung bot eine zünftige Pommesbude, die herrlich duftete. Dort ließ ich mich zu einer knusprigen Currywurst mit ordentlich viel Pommes und dick Majo einladen und versprach hoch und heilig, beim nächsten „Heimessen" abzuwaschen.

Winter

Danke
für das Feuer im Öfchen
Danke
für das Licht im Stövchen
für den heißen Tee
für den weißen Schnee
Werd' einfach meine Augen schließen
und diesen Augenblick genießen

Wenn die Engel Kekse backen

Merkwürdig, so um den sechsten Dezember herum haben alle Kinder in meiner Nachbarschaft plötzlich absolut blank geputzte Stiefel. Aber das ist normal, denn ich kann mich erinnern, als ich noch an Nikolaus, Weihnachtsmann und Christkind glaubte, brach selbst bei mir an diesem Tag extremer Putztrieb durch. Ich wienerte mit selten gesehenem Eifer und einer Dose Schuhcreme meine kleinen Stiefel, mit denen ich sonst zum Kummer meiner Mutter schonungslos durch jeden Dreck marschierte, blitzblank.

Überhaupt gab ich mich um die Weihnachtszeit für meine Umgebung verdächtig gehorsam.

Diese Zeit erschien mir voller Heimlichkeiten!

Und das Geschehen im Himmel stand für mich im absoluten Mittelpunkt!

Für meine Begriffe herrschte da oben ein irrer Betrieb.

Was hatte ich nicht schon alles gehört:

Der liebe Gott sollte dort wohnen, Frau Holle, Petrus, der das Himmelstor bewachte und auf die vielen Engelchen aufpaßt, damit sie nicht zu übermütig auf den Himmelswiesen herumtobten.

Daß es Engel gab, war eine Tatsache, denn wenn sich der winterliche Himmel abends nach dem Sonnenuntergang tief rot färbte, meinte meine Mutter, als wäre es die natürlichste Sache der Welt:

„... ach die Engelchen backen mal wieder Plätzchen!"

Auch der Schnee galt als klarer Beweis, daß Frau Holle da schüttelte, was die Betten hielten.

Vor allem wußte man „oben" über alles Bescheid, schließ-

lich steckten doch genau die Schokoladenringe und Geleebananen im Stiefel, die ich absolut mochte.
Der Weihnachtsabend war für mich, was die Geheimnisse mit dem Himmel anbelangte, der absolute Höhepunkt. Mit sechs weißen Pferden, einem goldenen Schlitten, ich sah es förmlich mit eigenen Augen, kam der Weihnachtsmann direkt bis in unser Wohnzimmer. Er schlug ein großes Buch auf, und all meine Schandtaten, eine lange Liste, hatte er klipp und klar parat.
Ich zitterte und bebte, gelobte Besserung und genoß den kurzen Augenblick, ein himmlisches Wesen leibhaftig zu sehen. Ich registrierte jede seiner Bewegungen haargenau, lauschte hingebungsvoll seiner himmlischen Stimme, die mir liebevoll ins Gewissen redete und war zu allem bereit, was er mir auferlegte, wenn er nur schön lange blieb. Meine Geschenke interessierten mich kaum, ich schwebte auf Wolken. Am liebsten wäre ich diesem gütigen Mann bis in den Himmel gefolgt.
Die Gewißheit, daß der Himmel voll so viel guter Wesen war, beruhigte mich und ließ mich die Armut und die Not um mich herum vergessen, denn es war kurz nach dem Krieg, und die Menschen hatten wenig zu lachen.
Welch eine Freude war es deshalb am nächsten Morgen, wenn wir Kinder uns auf der Straße trafen und von den vielen geheimnisvollen Dingen des „Heiligen Abends“ erzählten.
Freudestrahlend kam ich eines Tages an:
„Guck mal, was mir der Weihnachtsmann gebracht hat!“
und zeigte stolz eine handgestrickte blaue Jacke mit eingestickten roten Blümchen.
„Schön“, bestaunte meine Freundin Regina das teure Stück, „aber du spinnst, es gibt überhaupt keinen Weihnachtsmann!“
Ich lachte darüber, glaubte ihr nicht, doch sie hatte einen großen Bruder und durch ihn manche Information für das Leben eher als ich.

„Komm mal mit“, lockte sie mich ins Haus und schlich mit mir die Treppe zum Speicher hinauf.
Ich war gespannt, was da kommen sollte!
Energisch öffnete sie eine Kiste, in der ein roter Mantel lag, obenauf, etwas strubbelig, ein weißer Bart und eine Perücke.
„Damit du es weißt, der Weihnachtsmann bei uns hier in der Straße ist mein Opa. Wenn er alle Häuser abgeklappert hat, ist er fix und fertig, hat anschließend schrecklich kalte Füße und einen Mordshunger, wenn er nach Hause kommt!“
Fassungslos starrte ich auf diese „Bescherung“, der Boden unter meinen Füßen drohte zu verschwinden.
Mit einem Schlag klatschte mein sonst golden wundersamer Himmel wie ein grauer nasser Lappen auf die Erde nieder.
Aller Zauber war genommen!
Alle Geheimnisse waren schonungslos gelüftet!
Ich fror, die Welt erschien mir leer!
Ich weinte bitterlich.
Meine Freundin Regina konnte ich in diesem Augenblick überhaupt nicht leiden, fast wütend verließ ich diesen blöden Speicher mit der blöden Kiste.
Diese Enthüllung mußte ich gründlich verarbeiten!
Jeglicher Trost meiner Mutter und sämtliche Beteuerungen, daß das alles nicht stimmte, konnten mich nicht umstimmen.
Wie gesagt, hatte ich den Weihnachtsmann genauestens gemustert und trotz allem himmlischen Zauber einen winzigen Fleck auf seinem Kragen entdeckt.
Nun, auch ein Weihnachtsmann kann mal kleckern.
Und genau dieser Fleck befand sich auf dem Kragen da in der Kiste!
Nachträglich erinnerte ich mich auch an die Stimme:
Sie hatte wirklich etwas Ähnlichkeit mit der von Reginas

Opa. Ich seufzte in tiefer Erkenntnis, und mir wurde klar, daß ich vor einem neuen Lebensabschnitt stand.
Als sich aber wieder einmal der Himmel nach dem Sonnenuntergang glutrot verfärbte, ließ ich mich nicht von der Überzeugung abbringen, daß die Engelchen doch wieder mit der Keksbäckerei beschäftigt waren!

Harte Nüsse ... knacken!

Apfel, Nuß und Mandelkern gehören unweigerlich zum Weihnachtsfest, wobei die Nuß dabei absolut im Vordergrund steht.
Denn welch eine Gemütlichkeit:
Draußen rieselt der Schnee, drinnen prasselt das Kaminfeuer, auf dem Tisch dampft der Glühwein und dabei wird ein Nüßchen nach dem anderen geknackt.
Wobei sich dieser Vorgang für manchen zur „harten Nuß" entwickeln kann.
Außer für meinen Onkel Gustav, als Seefahrer weit über alle Meere gekommen, gab es keine Probleme:
Er hatte seinen Nußknacker stets dabei, denn mit seinen glitzernden Goldzähnen biß er einmal kräftig zu und schon perlten Kern und Schalen auf die Hand.
Auch Großmutter war diesem Thema voll gewachsen. Obwohl es in früheren Jahren noch kein Fitneßstudio gab, konnte sie ohne mit der Wimper zu zucken, so kraftvoll und gekonnt zwei Nüsse aneinanderdrücken, daß jedesmal kleine Schiffchen übrigblieben. An all diese Menschen mußte ich denken, als ich meine winterliche Aktion ein-

leitete. Ausgelöst wurde diese abenteuerliche Geschichte durch einen wundervoll handgeschnitzten Nußknacker. Eine bunte, weihnachtsmannähnliche Figur mit riesigem Mund und langem Hebel.
Begeistert von diesem kunstvoll verzierten Ding läutete ich einen Schlemmerabend mit Walnüssen und Haselnüssen ein. Das Ambiente war durchaus stimmig, nur mit der verflixten Technik wollte es nicht klappen.
Vielleicht war die Übersetzung für meine ungeschickten Hände zu stark, denn drückte ich, so zermatschte die ganze Geschichte in einen Kern - und - Schalen - Brei.
Selbst mehrfache Versuche mit unterschiedlichstem Kräfteeinsatz konnten nicht verhindern, daß ich die Kernstückchen mühsam wie ein Täubchen aus dem Gemisch rauspulen mußte.
Irgendwann begriff ich, dieses Gestell war lediglich als Zierde, malerisch über den Nußkorb drapiert, gedacht. Also wandte ich mich einem stinknormalen Gerät zu, ganz schlicht, für drei Mark aus dem Kaufhaus. Ohne Zierrat zwei Schenkel aus Metall, die man bloß kräftig zusammendrücken mußte. Aber auch diese Dinger zeigten ihre Tücken.
Während der ersten Versuche rutschten mir gleich die Nüsse nach allen Seiten weg, purzelten auf den Boden, kullerten unter das Sofa. Geduldig ging ich auf die Knie und fing sie wieder ein. Das sind nämlich sonst die berühmten weihnachtlichen Überbleibsel, die man später beim Frühjahrsputz irgendwann im Mai noch zufällig hinter dem abgeschobenen Sofa findet.
Beim nächsten Anlauf klemmte ich mir empfindlich die Finger, doch die Nuß trotzte jeglichen Angriffen.
Ich war drauf und dran, Werkzeug aus dem Keller zu holen und blindlings draufzuhauen. Aber da sich Hammer und Meißel zu meiner feinen Weihnachtsdekoration denkbar unromantisch arrangierten, ging ich mit den Nüssen in den Keller.

Voll konzentriert mit zartem Schlag bearbeitete ich Stück für Stück. Und siehe da, bald hatte ich den Bogen raus. Zwar spritzten in weitem Bogen sämtliche Überbleibsel in die Gegend, aber der gut geformte Inhalt lag jedesmal unverletzt vor meinen glänzenden Augen. Nach und nach türmte sich ein riesiger Schalenberg auf, neben und unter dem Tisch.
Pfundweise schleppte ich die „Früchte“ nach oben. Erst in dem Moment, als jemand aus dieser fröhlichen Nußrunde mal ganz leise die Kalorienwerte eines einzigen Exemplars bekanntgab, legte ich das „Instrument“ aus der Hand.
Auf diese Weise „pappsatt“ geworden, konnten wir alle freiwillig auf das Abendbrot verzichten.

Die Damen vom Nachbartisch...

Es gibt Tage, da muß man raus, frische Luft atmen, dem leidigen Alltagsmief entfliehen. Denn wer kennt das nicht, wenn man meint links und rechts drücken bereits die Scheuklappen auf den Schläfen.
Das kann schnell geschehen, das Leben geht beharrlich seinen Weg und schon gerät man in einen Sog! Mancher traut sich nicht auszubrechen, aber die, die sich trauen, haben ihre ganz speziellen Möglichkeiten.
Einige planen schicke Wochenendreisen, andere laden die Familie zum feudalen Essen ein, wieder andere veranstalten eine wilde „Sause“ und manche mögen es still. Diese Menschen fahren in die Stadt und setzen sich in ein kleines lauschiges Café. Dort lassen sie sich mit Kuchen und viel Sahne verwöhnen.

Neulich überfiel mich solch ein Bedürfnis nach Tapetenwechsel. Meine kulinarischen Erwartungen wurden auch wie immer in dem kleinen Café erfüllt, nur mit der Stille wollte es nicht klappen. Denn am Nachbartisch saßen drei fröhlich plaudernde Damen im Durchschnittsalter von etwa fünfundsiebzig und aufwärts. Ihre Augen sprühten vor Lebensfreude, und an dieser ließen sie das gesamte Lokal teilhaben.

„Ach Kinder", begann eine von ihnen mit kleinen lila grauen Löckchen auf dem Kopf, „ich habe euch ja noch gar nicht erzählt, daß ich auf meiner Hamburgreise „Patrick Lindner" gesehen habe!"

Bei ihm handelte es sich um einen blondgelockten Schnulzenheini der Schmalzschublade, dem ganze Seniorenburgen zu Füßen lagen. Während sie von ihrem Schwarm erzählte, glühten ihre Wangen, als wäre sie Schneewittchens Prinz begegnet.

„Du lieber Himmel, was sah der chic aus, mit blütenweißem Hemd und buntem Schlips. Alle Frauen, haben ihn gleich bestürmt, um ein Autogramm zu kriegen. Meine Schwester Elisabeth wollte auch unbedingt eins.

‚Elisabeth, habe ich gesagt, da müssen wir mindestens zwei Stunden warten!'

Aber sie hat ihren Kopf durchgesetzt. Eineinhalb Stunden lang haben wir uns an ihn herangedrängelt. Und als ich schon hauchzart die Rüschen seiner Seidenbluse spürte, war die Autogrammstunde beendet.

Er mußte weiter zu einer anderen Veranstaltung. Meine Füße glichen Eisblöcken, doch unsere Hände blieben leer. Bitter enttäuscht sind wir abgezogen.

‚Komm nach Hause, ich koche einen Tee', zog ich meine klagende Schwester hinter mir her, sie war bockig wie ein kleines Mädel. ‚Wir holen uns hier noch den Tod in der Eiseskälte', denn es herrschten so um die fünfzehn Grad Frost!"

„Au ja“, nickte eine andere Dame in einem altrosa Jäckchen, „wenn man bedenkt hier diese Kälte und in Australien schwitzen die Menschen. Im Fernsehen haben sie gestern berichtet, viele Leute hätten da einen Hitzekoller. Hoffentlich hat man dort gute Ärzte!“

„Apropos Arzt, ich habe morgen einen Termin beim Augenarzt, meine Augen schmerzen, er will mal den Druck messen“, berichtete die Dritte im Bunde.

„Das kann ich nachfühlen, mich drückt's im Rücken, mir schmerzt mein Ischias, als würde ich auf einem Messer sitzen. Selbst hier halte ich es kaum noch aus“, es war die Frau mit den lila Löckchen, sie lüftete ein bißchen das Hinterteil und unterstrich ihren Bericht mit schmerzverzerrtem Gesicht.

„Morgen geh ich zu einem Orthopäden, der muß mir mal die Knochen richten!“

„Ja mach das bloß, weißt du von der Hetti der Bruder hatte das auch, hat jeden Tag Spritzen bekommen. Jetzt ist er arbeitslos, soll demnächst auf Rente gehen!“

„Furchtbar, ist ja furchtbar...“

Alle drei wiegten die Köpfe hin und her.

Sicherlich wären sie gemeinsam in ihr Tal der Schmerzen gefallen, wenn nicht eine von ihnen plötzlich fürchterlich gekichert hätte:

„Soll ich euch mal verraten, was ich mir geleistet habe?“

Neugierig spitzten alle die Ohren!

Die kleine Omi mußte so lachen, daß sie anfangs kaum sprechen konnte:

„Rollschuhe!“

„Rollschuhe?“

Man war überrascht und entsetzt zugleich.

„Ja Rollschuhe, wißt ihr, diese Plastikdinger, mit denen sie überall in der Fußgängerzone rumflitzen. Bis ich die Dinger auf den Füßen habe, dauert es Stunden, aber zwei-

mal habe ich es schon geschafft, den Korridor entlangzufahren..."
„Aber Grete, wenn du fällst!" raunten die beiden anderen düster warnend.
„Dann fall ich, aber es macht Spaß! Wenn ihr Lust habt, könnt ihr mit zu mir kommen, dann zeig ich es euch!"
„Aber Grete!" zierte man sich noch zweifelnd.
„Ihr sollt doch nur mal zugucken!" ermunterte Grete ihre beiden Kaffeetanten.
„Na gut, dann wollen wir schnell zahlen!"
Flink wie junge Mädchen stand die kleine Gruppe auf.
Ich war vom ungewollten Mithören völlig gefangen. Denn die Damen kamen ja auch, wie man so schön sagt:
„Von Politik auf Bratkartoffeln".
Aber selten sind mir Menschen begegnet, die das Leben so im Griff hatten.
Voller Zufriedenheit bin ich deshalb auch wieder in meinen „Alltag" eingetaucht.

Meister der letzten Minute

Warum, frage ich mich, ist der Mensch so, wie er ist und handelt nur dann, wenn der Druck von allen Seiten keine Lücke mehr läßt.
Nach dem Motto:
„Ich kann nur unter Druck arbeiten!"
Diese Schwäche ist altbekannt, denn seit Tausenden von Jahren steht geschrieben:
Der Geist ist willig, aber das Fleisch ist schwach! So gese-

hen, bin ich Meisterin im Hinausschieben und staune oft über mich selbst, welch pfiffige Ausreden mir immer wieder für mein „lahmtutiges" Verhalten einfallen.
Neulich standen ein paar ziemlich unangenehme Büroarbeiten an. Ich hatte mich endlich durchgerungen und meine Kehrseite berührte beinahe hauchzart den Schreibtischsessel, da entschied ich urplötzlich, daß es weitaus wichtiger wäre, die Blumen im Wintergarten zu gießen. Mit der Kanne in der Hand fummelte ich fröhlich in den Blumen herum, glücklich darüber, dieser Belastung so gut entkommen zu sein.
Zu meinem Pech tauchte aber nicht ein einziges Heinzelmännchen auf.
Im Gegenteil:
Der Briefträger brachte noch mehr an Arbeit. Diesmal scheute ich mich nicht, das Wetter für meine Untätigkeit verantwortlich zu machen, ich fand es zu sonnig. Dafür habe ich liebevoll draußen das Holz gestapelt und einen Schuppen aufgeräumt.
Am nächsten Tag drückten mich dann leichte Depressionen von der Arbeit weg.
Unerledigte Büroarbeiten lassen sich ja stumm solch eine Behandlung gefallen.
Stressig wird dieses Verhalten erst, wenn unumgängliche Termine vor der Tür stehen und sei es nur die Vorbereitung für eine Geburtstagsfeier.
Ein geschlagenes Jahr lang wußte ich, daß Gisela und Gerd zusammen an einem Tag Geburtstag haben. Die schriftliche Einladung hing seit Wochen überdimensional an meiner Pinwand – und was passierte:
Um 18 Uhr fing ich an, meine Haare zu waschen, um dann um 18.30 Uhr festzustellen, daß frisch gewaschenes Haar überhaupt nicht sitzt.
18.40 Uhr sprang ich in meinen Rock, den ich für diesen Abend vorgesehen hatte und blieb wegen schwerwiegender

Gewichtsprobleme auf halber Strecke in ihm stecken. Ein anderer Rock mußte her!
Wahnsinn, welche Schnelligkeit ich entwickeln konnte!
Binnen fünf Minuten lag der gesamte Inhalt meines Kleiderschranks auf dem Bett verteilt!
Weil ich sonst nichts Passendes finden konnte, entschloß ich mich um 19.01 Uhr, nicht mehr zu atmen, den Bauch einzuziehen und zu bleiben, wie ich war. Vielleicht gelang es mir, wenn ich gut versteckt an der Tafel saß, heimlich den oberen Knopf zu öffnen.
Wie gesagt, zu 19 Uhr galt die Einladung, zehn Kilometer hatte ich noch zu fahren, das Auto war völlig vereist, das Geschenk noch nicht eingepackt.
Wer denkt, ich hätte es nicht geschafft, irrt!
Erwuchsen mir doch in den berühmten letzten Minuten wundersame Kräfte. Pünktlich (19 Uhr 30 Sekunden), genau in dem Moment, als das kalte Büfett eröffnet wurde, stand ich strahlend auf der Matte!
Seelenruhig drückte ich die Geburtstagskinder mit den besten Wünschen für ihr neues Lebensjahr an meine Brust.

Jahre der Ruhe

Ferien oder sonstige Tage, die ich bei meiner Großmutter verbrachte, sind ganz fest in meiner Erinnerung geblieben. Genaugenommen kann ich mich minuziös an Einzelheiten erinnern. Deshalb minuziös, weil bei Großmutter alles penibel nach Zeitplan lief.
Sie hatte einen ganz bestimmten Rhythmus, nach dem

geschlafen, gegessen und gearbeitet wurde. Zeit zum Ausruhen war, wie in früheren Jahren üblich, weniger vorgesehen.

Ihren wunderschönen Zeitplan bestimmte eine große Wanduhr, die sie einmal in der Woche pünktlich aufzog.

Dabei handelte es sich keinesfalls um ein wertvolles Stück. Der Korpus bestand aus schlichtem Blech, umrankt von ebenfalls blechernen Blümchen, und die eisernen Glöckchen, die laut und vernehmlich jede Stunde ankündigten, klangen eher wie das Gebimmel einer Bahnschranke.

Als Großmutter an einem Sonntag um elf Uhr vormittags verstarb, blieb die Uhr genau zur selben Zeit stehen.

Mir erschien diese Stille, als hielte die Welt den Atem an. Den blechernen Schlag der Uhr vermißte ich im nachhinein, als sei er glockenhelle Musik gewesen. Sonstwas hätte ich dafür gegeben, die Zeit zurückzudrehen.

Deshalb rief ich sofort einen Uhrmacher, damit wenigstens die Stille im Haus ein Ende nehmen würde.

„Das haben wir gleich!“ meinte der hochkarätige Fachmann und hüpfte frohgemut die Leiter hinauf.

Er schraubte hier ein Deckelchen ab, dort die Zeiger wieder dran, spannte, zog und lockerte.

Bald wechselte er das Handwerkszeug, wischte sich die Stirn und knobelte und kniffelte weiterhin hochkonzentriert herum.

Auf diese Weise verbrachte er, die Leiter rauf und runter flitzend, viele Stunden.

Anschließend hatte er ein paar morsche Schrauben und Drähte in der Hand, doch die Uhr blieb stumm.

„Unmöglich“, schüttelte er schweißüberströmt den Kopf, „das ist mir in meiner ganzen Laufbahn noch nicht passiert!“

Es handelte sich aber bei ihm um einen sehr ehrgeizigen Mann und deshalb gab er auch nicht so schnell auf.

Doch selbst mehrfache Anläufe über Tage und Wochen, um das Schweigen dieser Zeitmaschine zu lüften, blieben erfolglos.
Aufmerksam und traurig hatte ich sein Bemühen verfolgt, deshalb entschied ich schließlich, die kaputte Uhr auf den Speicher zu schaffen.
Vielleicht hatte sie einfach keine Lust mehr, ohne Großmutter die Zeit dieser Welt zu messen.
Jahre später fiel mir das gute alte Stück bei Aufräumarbeiten wieder in die Hände. Dicker Staub hatte sich auf die Blechblümchen gelegt, deshalb putzte und ruckelte ich ein bißchen an ihr herum, auch hing sie schief, ich versuchte, sie zu richten ...
Da plötzlich - ich traute meinen Ohren nicht - hörte ich ein Ticken, erst leise, dann immer kräftiger werdend, und als wollte sie mich überzeugen, klimperten die etwas heiseren Eisenglocken - fünfmal zur vollen Stunde.
Wie verzaubert hockte ich mich auf den Fußboden und lauschte dem lang vermißten Ticken, als sei es ein Lied aus fernen Tagen.
Seitdem hängt sie in meinem Wohnzimmer, und mir ist, als sei ein Stück Vergangenheit zurückgekehrt.

Der gemeinsame Einkauf

Wie immer im Leben:
„Was des einen Freud ist, kann des anderen Leid sein!"
Da hat man so mir nichts dir nichts die Ladenschlußzeiten verändert und nicht über die Folgen nachgedacht. Die Tat-

sache, daß man jetzt viele Stunden mehr durch die Geschäfte bummeln kann, könnte doch zu einer höheren Scheidungsrate führen.

Denn der vielgepriesene "gemeinsame" Familieneinkauf birgt Tücken, die bei manchem vielleicht gefährliche Schäden hinterlassen.

So berichtete mir der Mann meiner Freundin ganz frei von der Leber weg über seine wahren Gefühle beim letzten gemeinsamen Samstagseinkauf:

„Meine Güte was waren das für herrliche Zeiten vor meiner Ehe mit Gabi, als noch jeder für sich gelebt hat und auch für seine Versorgung selber zuständig war.

Niemand drängelte: ‚Probier die gelbe Jacke, oder steig in die grüne Hose.‘

In diesen kleinen Umkleidekabinen werde ich sowieso regelmäßig zum Stier. Ich handele mir jedesmal blaue Flecken an den Ellenbogen ein. Deshalb trage ich meine Anzüge viele Jahre lang.

Oder hast du schon mal fünfundvierzig Minuten neben meiner Frau gestanden und zugeschaut, wie acht Paar Schuhe an und wieder ausgezogen werden?

Ein herrliches Gefühl, erst schmerzen die Schultern, weil man mir sämtliche Mäntel und Taschen umgehängt hat, dann werden die Füße rund, wie indische Elefantenbeine. Schließlich setzt hochgradige Erschöpfung ein und man läßt sich verzweifelt auf einen der freien Stühle nieder.

Doch rücksichtslos werden alle Paare durchprobiert und studiert.

Von der Stirne heiß rinnt der Schweiß, denn ganz heimlich denkt man an die teuren Gebühren, die gnadenlos wie eine Zeitbombe Mark für Mark in der Parkuhr ticken.

Kaum bahnt sich eine Entscheidung an, wird bereits ein neues Stück in Augenschein genommen. Nicht schon wieder, rauft man sich insgeheim die Haare. Wohlgemerkt ‚insgeheim‘ denn jeder Protestschrei würde genau das Gegenteil bewirken, wie: ‚Immer wenn ich mir was aussuche, hast du keine Geduld!'

Schließlich die Frage: ‚Welche findest du besser?'

‚Beide!' möchte man schreien, selbst die Kosten sind einem schon egal.

Aber beharrlich wie Weibsleute sind, wurde sie leicht keifig: ‚Nun sag endlich deine Meinung, wenn du sie schon mal äußern darfst.'

Und das ist es ja grad, in diesem Augenblick hat man alles, bloß keine Meinung. Aus diesem Grund rät man zu den bunten Schuhen, mit dem Ziel, niemals dabei zu sein, wenn sie die Treter anzieht!"

Gestern traf ich Gabi, sie berichtete ebenfalls über besagten Einkaufsbummel. Dabei schwärmte sie in den höchsten Tönen von allem was sie erlebt und ergattert hatte.

Ganz besonders angetan war sie von ihrem geliebten Mann Dieter, wie geduldig und einfühlsam er sei, erzählte sie, und daß sie nie ohne seinen Rat etwas kaufen würde!

Verständlich, daß ich geduldig zuhörte, allerdings in der Hoffnung, die beiden fänden irgendwann zu einem klärenden Gespräch...

Sonst eskalierte diese Zweisamkeit noch zu einem dieser rätselhaften Fälle, wo der Mann vom Zigarettenholen nicht wiederkommt.

Blauer Montag

Es hat schon seine Bedeutung, wenn man vom blauen Montag spricht. Denn nach einem wunderbar faul durchlebten Wochenende mit ausschlafen, lang und ausgedehnt im Bademantel frühstücken und sonstigen Rumlümmeleien muß sich der Körper erst langsam wieder an den harten Alltag gewöhnen.

Wenn dann schrill und unbarmherzig der Wecker klingelt, kriegt solch ein „wochenendverwöhnter“ Organismus einen wahnsinnigen Schreck.

Völlig geistig abwesend wird der alltägliche Morgenzirkus verrichtet und mit verklärtem Blick noch von den Ruhetagen geträumt. Doch da samstags mal wieder nicht die richtigen Zahlen gezogen wurden, heißt es erneut:

„Ran an die Buletten!“

In Anbetracht so trüber Aussichten kann natürlich kaum Stimmung aufkommen.

Und wie das an einem waschechten „Blauen Montag“ ist:

Nichts klappt! Meist beginnen solche Kalamitäten bereits, bevor man das Haus verläßt.

„Die Schlüssel, Hilfe, wo sind meine Schlüssel“, wird verzweifelt geschrien.

Da morgens jede Minute dreifach zählt, ist Panik angesagt. Überall wird gesucht – vom Keller bis zum Boden und wieder zurück. Selbst in den Kühlschrank wird geguckt, schließlich hat mancher schon das Telefon und den Zucker dort gefunden. Alle Mantel– und Jackentaschen werden durchforstet und umgekrempelt.

Unglaublich, was sich da alles findet: Knöpfe, Krümel, geknüllte Tempoknödel, ein paar Schrauben, Groschen Pfennige, welch eine Fülle!

Zur hellen Freude raschelt hin und wieder sogar ein Zehnmarkschein hervor, oder eine der vielgesuchten Lesebrillen taucht auf, ja sogar eine Brosche, die man schon Wochen vermißte, fällt einem dabei in die Hände – aber niemals Schlüssel!
Und gerade in dem Moment, wo man keuchend vor Erschöpfung keinen Ausweg mehr weiß, fällt der Blick wie zufällig aufs Schlüsselbrett.
Und was hängt da ordentlich und still an seinem Platz?
Der Schlüssel!
Wenn so etwas passiert, kann es nur „Montag" sein. Natürlich ist durch die Sucherei eine Menge Zeit verlorengegangen und folglich kommt man zu spät zur Arbeit.
Aber auch Menschen, die sich nicht in der harten Arbeitswelt bewähren müssen, haben ihre Schwierigkeiten. Manche sollen schon mit zwei verschiedenen Schuhen zum Kaffeekränzchen marschiert sein.
Und der Bauherr, der laut Plan nach der Wasserleitung baggerte, hat keine gefunden, weil sie sich einfach zwei Meter weiter befand.
Nicht umsonst gibt es die Bezeichnung Montagsauto. Das sind die Geräte, wo es hupt, wenn man den Blinker betätigt oder sich beim Schließen der Türe die Handbremse löst.
Welch eine Erleichterung wäre es deshalb für die Menschheit, wenn man diesen „blauen" Tag einfach noch mit zum Wochenende zählen würde, so als Eingewöhnungsphase für die strenge Arbeitswoche, dann ginge ab Dienstag bestimmt alles wie von selbst.

Ländliche Idylle

„Wenn Sie Geld abheben möchten, dann muß ich Ihren Ausweis sehen!"
„Meinen Ausweis, wozu? Hier kennen mich doch alle", lachte die kleine, rundliche Frau, noch in alte Tracht gekleidet, ganz vorn am Postschalter.
„Meinen Ausweis, den brauche ich nie, aber ich glaube, er ist hier in meiner Brieftasche, schauen Sie doch mal nach."
Vertrauensvoll schob sie ein kleines zerknittertes Mäppchen unter der Schalterwand hindurch. Der junge Mann am Schalter blätterte äußerst vorsichtig, nur mit den Fingerspitzen, in dem porösen Mäppchen herum und holte sehr bald ein ziemlich schlabberiges Etwas hervor.
„Liebe Frau, der ist schon lange nicht mehr gültig", meinte er, während er das vermeintliche Dokument hochhielt.
„Na, sehen Sie, das habe ich Ihnen gleich gesagt, ich brauche keinen Ausweis, weil mich hier jeder kennt. Sonst ist auch hier immer Aßmanns Karl am Schalter, ist der krank? Der kann Ihnen sagen wer ich bin. Ich bin nämlich die Backes Lisbeth!"
„Liebe Frau, der Herr Aßmann ist bereits seit zwei Jahren pensioniert!" erklärte der Postbeamte betont geduldig. Er schien kurz vor der Explosion.
„Ach was, da war ich aber lange nicht mehr hier! Aber ich muß jetzt hierher kommen, denn unsere Poststelle im Dorf wurde vor ein paar Wochen geschlossen."
Eine riesige Schlange war inzwischen vor diesem Schalter angelaufen, und alles schmunzelte, weil die Frau sich derart unbekümmert mitteilte. Alle fühlten, wie plötzlich durch diese sachlich gestalteten Postschalterräume ein Stück betuliches Landleben huschte.

Leider gibt es nur noch herzlich wenige Dinge, die uns dörfliche Idylle in der Hetze unserer Zeit nicht vergessen lassen.
So wie diese gemütliche Frau in ihrer bodenständigen Tracht und ihrer vertrauensvollen Art sind es für mich die alten Fachwerkhäuser, die mir immer wieder bestätigen, daß ich mich auf dem Land befinde. Ganz besonders, wenn uns der Winter mit seinen anhaltenden Wechselbädern wie Schnee, Matsch, Regen und gleich wieder Frost in Atem hält. Wo sonst die gesamte Welt langsam, aber sicher in tiefem „Schmutziggrau" versinkt, wird es für mich zur Freude, wenn mitten in der Landschaft ein rundum kompaktes Fachwerkhaus am Straßenrand winkt. Wie liebevolle Schatzkästen geborgenen Lebens erscheinen mir diese Kunstwerke alter Bauweise. Völlig den Bedürfnissen ihrer Umgebung angepaßt, stehen sie kraftstrotzend und schutzgebend von allen Wettern unberührt. Wie gutmütige Glucken hocken sie in kleinen Tälern oder thronen stolz auf rundlichen Hügeln.
In absolute Schwärmerei breche ich aus, wenn sich ganze Fachwerkreihen mit dick schneebedeckten Dächern und mitunter glitzernden Eiszapfen umrahmt aneinanderkuscheln.
Dann macht sich Sonne in meinem Herzen breit, und dieser schmuddeligen Jahreszeit ist jede Möglichkeit genommen, mich depressiv frösteln zu lassen.
Eine ganze Weile noch hat die alte Frau mit dem Postbeamten gekämpft, weil sie es nicht verstehen konnte, warum jemand ihren Ausweis brauchte, der sie kannte.
„Dieser Ausweis ist ungültig, Sie müssen erst zum Amt gehen, ihn verlängern lassen, dann können Sie wieder hierher kommen und ich kann Ihnen das Geld auszahlen!" beendete der junge dynamische Beamte betont energisch die Diskussion.
„Aber ich bin doch die Backes Lisbeth!"

„Und wenn Sie die Gräfin von Nassau sind! Es bleibt dabei. Der nächste bitte!“
Es war wie ein Tauziehen zwischen alten Gegebenheiten und harter Realität.
Kopfschüttelnd und gleichzeitig ein bißchen ratlos verließ die Frau den Raum.
Alle in der Schlange schauten ihr betroffen nach, so als hätte sich gerade ein Stück "Gute alte Zeit" für immer verabschiedet!

Die Antwort...

„Augen auf im Straßenverkehr“, wird immer wieder gewarnt. Dieser Satz soll uns daran erinnern, wie gefährlich es ist, sich zwischen hin und her flitzenden Autos zu bewegen. Und tatsächlich galt bis vor geraumer Zeit die Straße als größte Gefahrenquelle überhaupt. Wie gesagt: „galt“, wer aufmerksam Berichterstattungen in Funk und Fernsehen verfolgt, kann extreme Veränderungen registrieren. Denn wie es scheint, wurde selbige Straße, man höre und staune, von der Küche abgelöst.
Nicht etwa, weil scharfe Messer empfindliche Wunden in zarte Fingerkuppen ritzen oder glühende Herdplatten für Brandblasen sorgen. Auch geht es dabei nicht um den berühmten Fall vom Küchenstuhl beim Fensterputzen. Nein, völlig lautlos lauern jene Gefahren!
Unser geliebtes „Essen“ wird zum abenteuerlichen Drahtseiltanz! Da schlummern herbe Gifte in leuchtend roten Äpfeln, beißt man hinein, entfleuchen sämtliche Lebens-

geister, ähnlich wie dem armen Schneewittchen im Märchen.

Hinterhältig nitratverseuchtes Gemüse lockt knackig zum Verzehr, und bei genmanipulierten Tomaten kann es passieren, daß sie irgendwann sprechen oder freundlich Pfötchen geben.

In großen Schlagzeilen wird unvermittelt vermittelt, welch chemische Keulen sich außer Eiweiß im verheißungsvoll dampfenden Sonntagsbraten tummeln. Gezeichnet vom Wissen über Hormon- und Medikamentenrückstände, legt man appetitlos die Gabel aus der Hand, soviel Unrat bleibt förmlich im Halse stecken.

Berichte über den Verlauf eines Schweinetransports vom Stall bis hin zum Schlachthof lassen manchen, beim Anblick des Elends, vor der Metzgerladentüre umdrehen.

Selbst der letzte genußsüchtige Griff zum Rindfleisch erstirbt auf halbem Wege bei der Kunde aus gelehrtem Munde vom „Wahnsinn" und anderer „Gefahr".

All diese Schrecknisse gipfeln eines Tages darin, daß man sich suchend umschaut, was für den knurrenden Magen eigentlich noch bleibt.

Kein Obst, kein Fleisch, kein Gemüse – ratlos steht der Verbraucher vor jener Wand der Gifte, Viren und Mikroben. Derart nach Nahrung schmachtend, rettet man sich schließlich ins Lager der Angler und Fischer.

Kaum hat man ein knuspriges Filet zum Mund geführt, rutscht sämtlicher Hunger bei der Nachricht:

„Verbleit, verwurmt und gar nicht gut," unter den Tisch.

Also keinen Fisch!

Hartnäckig strebt solch ein Mensch weiter, sich zu ernähren.

Na gut, dann Eier!

„Vorsicht!"

Schallt es aus den Gazetten, niemals roh, stets gut gebraten

oder hart gekocht, denn hin und wieder wimmeln in ihnen die Salmonellen.
Mit anderen Worten, auch besser kein Geflügel!
Für mich war das der Augenblick absoluter Verzweiflung: mein Magen rumorte fürchterlich, und ich traute mich absolut nichts mehr zu essen!
Alles was blieb, war ein Stück trockenes Brot, dazu ein mageres Schlückchen Wasser. Ich ließ es mir schmecken, Gedanken, was „drin" sein könnte, schob ich müde weg.
Derart betroffen wurde mir klar, hier schlägt die Natur mit Wucht zurück. Dies schien die Antwort auf des Menschen Gier: immer mehr, selbstverständlich schöner und wenn es geht größer, größer... größer...
So gesehen hängen wir in einem absoluten Dilemma, denn schließlich hält ja „Essen und Trinken Leib und Seele zusammen".
Nur – wenn das so weitergeht, driften die beiden bald erheblich auseinander.
Und was dann?

Heimlich still und leise...

Bekanntlich ist „Glück“ relativ.

Und ich glaube, je weniger man hat, um so mehr kann man sich freuen, wenn man auf etwas trifft.

Zudem Entbehrung erheblich die Freude vergrößert, wenn sich ein Wunsch erfüllt.

Irgendwo habe ich mal gelesen, daß Wasser und Zucker für Kinder unentbehrlich sind, weil der Körper diese Stoffe unbedingt für den Aufbau braucht. Deshalb verlangen Kinder davon mitunter reichlich.

Heutzutage kein Problem, wo die Regale in den Geschäften mit den leckersten Dingen geradezu überfüllt sind und die Zuckerfeste nahtlos ineinander übergehen. Denn spätestens in den ersten Januartagen tauchen, nach dem Verzehr der letzten Schokoladenweihnachtsmänner, bereits die Osterhasen auf.

Meine Kindheit fiel da in weniger üppige Zeiten. So fanden sich auf meinem Weihnachtsteller in Ermangelung von Butter, Mehl und Backpulver, ein paar krümelige Griesplätzchen mit Sirup, sonst nichts.

Aber als pfiffige Göre der Nachkriegszeit war ich darüber nicht traurig, schließlich kannte ich nichts Anderes.

Außerdem hatte ich kleine stille Ecken, in denen ich mir auf meine Weise etwas Abwechslung verschaffte.

Beispielsweise entdeckte ich irgendwann, daß ein altes Marzipanschwein, welches schon jahrelang die Glasvitrine im Wohnzimmer schmückte, zwar absolut steinhart, aber doch sehr schmackhaft war. Es war dick und rund, lächelte verschmitzt und trug ein Kleeblatt im Schnäuzchen.

Beim großen Hausputz entstaubte Mutter es mit der gleichen Sorgfalt wie die wertvollen Sammeltassen und Kristallvasen. Schließlich handelte es sich dabei um das erste Geschenk ihres geliebten Mannes, meines Vaters und hatte bisher dieser Ehe auch viel Glück gebracht.
In unbeaufsichtigten Augenblicken kletterte ich auf einen Stuhl, holte mir klammheimlich das begehrte Schweinchen heraus und knabberte genüßlich an ihm herum. Es schmeckte nicht gerade berauschend, aber irgendwo süß, mit einer kleinen Prise Bittermandel.
Geschickterweise beschränkte ich mich bei meiner „Schlekkertour“ nur auf eine Seite, so blieb sein Anblick „vorderwärts“ stets unversehrt.
Als wäre nichts geschehen, stellte ich das Lustobjekt anschließend vorsichtig und behutsam wieder in seine Ecke zurück. Zum Zwecke der perfekten Vertuschung rückte ich eine der Sammeltassen leicht davor. Eine andere Tasse schob ich ganz nah dran, damit die ganze Sache ein bißchen mehr „Halt“ bekam, denn nach jedem Knabbereinsatz verringerte sich die Standfestigkeit der Marzipanbeine naturgemäß um einiges.
Ausgerechnet am „Heiligen Abend“, gab es ein ordentliches „Geschepper“ in der Vitrine.
Erschrocken sprangen die Eltern auf!
Was war passiert?
Einbrecher, der Weihnachtsmann, die Nachbarn?
Nichts dergleichen!
Erleichtert stellte man fest, daß lediglich das alte Schwein umgekippt war. Aber wieso umgekippt, nichts hatte sich vorher gerührt?
Voller Verwunderung entdeckte man, daß das Tier nur noch halbseitig vorhanden war. Die Knabberspuren meiner kräftigen Zähne ließen sehr schnell des Rätsels Lösung ahnen. Ängstlich war ich in Deckung gegangen, denn ein fürchterliches Donnerwetter war mir mehr als sicher.

Doch, oh Wunder, es blieb aus!
Im Gegenteil, Mutter nahm mich liebevoll in ihre weichen sanften Arme und weinte!
Vor allem weinte sie so bitterlich, weil es in diesen Tagen der Not dermaßen wenig gab, daß ich schon an den Antiquitäten nagte.
Aber, wie gesagt, Glück ist relativ.
Ich war in diesem Augenblick das glücklichste Kind der Welt, da ich für meine Missetat auch noch mit Liebe belohnt wurde.
Überhaupt war meine Kindheit glücklich, denn mir blieben viele Wünsche offen!
Bestimmt keine schlechte Basis für den Beginn eines Lebens, denn Wünsche und Hoffnungen sind Antriebskraft zu guten Taten.

Gute Nachrichten

Wie einschlägige Umfragen ergeben haben, wird fast in jedem Haushalt eine Zeitung gelesen. Mit anderen Worten, ohne jene papierne Informationsquelle wäre das Leben nicht lebenswert. Eigentlich erstaunlich, daß diese gute alte Art der Nachrichtenübermittlung trotz Fernsehen, Telefon und Computer nach wie vor begehrt ist.
Vielleicht liegt es auch daran, daß diese Blätter, die uns gründlichst den Horizont erweitern, sich so individuell konsumieren lassen. Werden doch mitunter in manchen Familien wahre Wettrennen ausgetragen, wer morgens zuerst am Briefkasten ist und sich die Zeitung schnappt. Manche tun das unter Einsatz der Gesundheit. Selbst bei

Eis und Schnee turnen solche Leser nämlich barfuß und im Bademantel um den Briefkasten herum.
Anschließend verschwindet diese Gattung Mensch ganz fix auf dem stillen Örtchen. Dort versucht man hinter festverschlossener Tür, fernab vom morgendlichen Trubel der restlichen Familie, sich mit dem Weltgeschehen auseinanderzusetzen. Und das ist wohl der entscheidende Punkt, denn ein Fernseher oder Computer läßt sich nicht ohne weiteres mit auf das Örtchen schleppen.
Voller Konzentration wird ein Tagesproblem nach dem anderen gründlichst studiert und abgehandelt. Und erst wenn solch ein stiller Genießer Seite für Seite konsumiert hat, ist er bereit, das begehrte Feld zu räumen.
Denn selbst ungeduldiges oder manchmal auch verzweifeltes Pochen irgendwelcher Familienmitglieder an der besagten Tür wird völlig überhört. Kaltblütig überläßt dieser Leser den Rest der Wohngemeinschaft ihrer menschlichen Not.
Da nützt kein schreien und Gezeter!
Einzige Hilfe bietet in solchen Fällen eine zusätzliche Toilette oder in extremen Situationen ein weitläufiger Garten mit Gebüsch.
Aber nicht überall herrscht solch ein Egoismus.
In friedlichen Familien teilt man die Zeitung in Welt- Dorf- und Jugendnachrichten, und ein jeder verschanzt sich mit seinem Frühstück hinter dem Papier.
Im Idealfall werden die Blätter dann zeitgleich ausgetauscht, aber das Bild mit dampfenden Kaffeetassen hinter der Verschanzung bleibt bestehen.
Obwohl diese Art der Nachrichtenübermittlung nun so gründlich ist, wußte meine Nachbarin mal wieder nix.
Kein Wunder, der Herr des Hauses nimmt jeden Morgen rücksichtslos die Zeitung mit ins Büro, die arme Frau kann sich erst abends informieren.
Das ist bei uns ganz anders. Die Zeitung bleibt im Haus!

Und wenn ich dann alle liebevoll verabschiedet habe, damit sie sich dem harten Alltag draußen stellen können, begebe ich mich seelenruhig mit einer guten Tasse Tee noch einmal an den Frühstückstisch.
Dort lese ich genüßlich in allergrößter Ruhe sämtliche Spalten rauf und runter.

Großmutter, wir lieben Dich!

Kinder muß man zu gegebener Zeit in die weite Welt gehen lassen. Meine Tochter hatte ich vor ein paar Jahren bis nach Amerika geschickt.
Damals bekam ich folgenden Brief:
Liebe Mutter!
Das ist mein erstes Weihnachtsfest in meinem Leben, das ich nicht zu Hause verbracht habe.
Mr. Schmidt hat mir seit ein paar Wochen einen Job in einem vornehmen Altersheim direkt in New York besorgt.
Es ist eine schöne Arbeit, ich muß bei der Verteilung des Essens helfen und hier und da ein paar Handreichungen machen.
Dabei habe ich Jennifer kennengelernt. Eine Dame, sechsundachtzig Jahre alt, seit Jahren bettlägerig und fast blind.
„Hallo, du bist sicher die Neue", hat sie mich gleich fröhlich begrüßt, als ich zum ersten Mal ihr Zimmer betrat.
Jennifer ist immer fröhlich und guter Dinge, obwohl sie die einzige im Haus ist, die niemals Besuch bekommt.
„Haben Sie keine Familie", habe ich sie mal ganz zaghaft gefragt.

„Doch, doch, wir sind eine große Familie. Drei Kinder habe ich, fünf Enkelkinder. Aber sie sind alle schrecklich beschäftigt. Zu Weihnachten besuchen sie mich ganz bestimmt“, versicherte sie mir, „du wirst es sehen!“

Und richtig: Am Heiligen Abend standen sie alle auf der Matte. Das Zimmer war plötzlich gerammelt voll.

Ein paar Urenkel waren auch schon dabei, denn eins krabbelte lustig kreischend über den Boden, während ein anderes aus dem Kinderwagen krähte. Eine herrliche Familie, nette Leute. Kuchen hatten sie gebacken, Süßigkeiten, herrlichste Leckereien angeschleppt und Weinachtsgestecke mit bunten Vögeln, bunten Kerzen im ganzen Raum verteilt.

Es wurde geplaudert, allerdings mehr untereinander, denn Jennifer hörte auch schon etwas schwer, und bei dem Lärm konnte man selbst mit normalen Ohren kaum etwas verstehen.

Jennifer saß mit hochrotem Kopf mitten im Getümmel, küßte Wangen, die man ihr hinhielt, betastete die tollen Geschenke, naschte und schien glücklich.

Nach etwa drei Stunden brach die ganze Gesellschaft auf. Alle verschwanden ebenso plötzlich, wie sie gekommen waren.

Es war wie ein Spuk!

Allein die Flut der Geschenke erinnerte daran, daß alles Wirklichkeit war.

Vorsichtig versuchte ich, die Dinge in dem Zimmer einzuordnen, damit man sich wieder bewegen konnte.

Dabei fand ich noch ein verschlossenes Paket.

„Pack du es aus“, meinte Jennifer.

Obwohl es mir nicht gehörte, war ich sehr gespannt.

„Na, was ist es?“ drängelte die alte Dame. „Eine Tasse, ein großer weißer Porzellanbecher für Kaffee oder Tee.

Da steht was drauf, in großen goldenen Buchstaben!“

„Oh, wie schön", meinte Jennifer, „lies es bitte vor."
Ich zögerte einen Augenblick, dann las ich ganz langsam:
„Großmutter, wir lieben Dich!"
Laut und deutlich wiederholte ich noch einmal die Inschrift und stellte die Tasse auf den kleinen Tisch neben ihrem Bett.
Als bliebe die Zeit für Augenblicke stehen, wurde es ganz still in dem bunten Zimmer.
Doch dann nach einer Weile meinte Jennifer ganz stolz:
„Siehst du, das ist meine Familie!"
Und blitzschnell wischte sie die kleine Träne aus ihrem Gesicht, die da gerade kullern wollte.
„Gib mir bitte den Becher!"
Mit beiden Händen faßte sie nach ihm, und ich habe in ganz Amerika kaum ein glücklicheres Gesicht gesehen.
Amerika ist schön, aber ich freue mich auch wieder auf mein Zuhause.
Liebe Grüße, Deine Tochter

Nachts sind alle Katzen grau...

„In der Nacht ist der Mensch nicht gern alleine...", heißt es in einem Lied. Vielleicht weil man im ungewissen, nicht überschaubaren Dunkel einfach den Schutz und die Nähe eines anderen Menschen sucht.
Denn unheimlich, geheimnisvoll ist sie schon, die Nacht.
Wobei es in breiten Regionen nicht mal mehr richtig dunkel werden kann, da ununterbrochen irgendwelche Lampen brennen und die Nacht zum Tag machen.

Damit hat man auf dem Dorf keine Schwierigkeiten.
Punkt eins gehen die Lampen aus!
Postwendend ist es stockfinster, daß man meint, man hätte einen Sack über dem Kopf.
So ähnlich ist es mir passiert.
Ich hatte bei meiner Freundin Wilma eigentlich nur mal reinschauen wollen, doch es gab allerhand zu berichten. Deshalb schlug die Uhr elf, zwölf, und wir plauderten immer noch.
Heinrich, Wilmas Mann, hatte zu allem Überfluß eine Flasche auf den Tisch gestellt, da haben wir beherzt auf alles Mögliche angestoßen. Bekanntlich kann man auf einem Bein nicht stehen, und alle guten Dinge sind drei, zwitscherte ein Schnäpschen nach dem anderen die Kehle hinab.
Doch während ich mit noch lockerer Zunge plapperte, fiel plötzlich mein Blick auf die Uhr.
„Oje, fünf vor eins“, stellte ich erschrocken fest und sprang auf.
„Ich muß gehen solange die Lampen noch brennen!“
„Tschüs! Auf Wiedersehen! Du wirst es schon schaffen“,
gab man mir mit auf den Weg.
Denkste - nicht geschafft!
Etwa hundert Meter vor meiner gemütlichen Behausung machte es „pling“, und aus war die Geschichte.
Anfangs fühlte ich mich blind wie ein Maulwurf. Mir fehlte völlig die Orientierung.
Doch das Glück war mir hold, bekam ich doch gleich eine Latte vom nachbarlichen Zaun zu fassen. Während ich mich mühsam heimwärts hangelte, dachte ich:
Das war mal wieder typisch!
Wieso hatte ich mich nicht ordnungsgemäß, wie es sich für eine „Landfrau“ gehörte, mit einer Taschenlampe ausgerüstet?

Nun, immer wenn eine gebraucht wurde, war keine zu finden und die, die man fand, hatte grobe Macken. Entweder keine Batterien oder leere Batterien, die nur ein winziges Flimmern in der Stärke eines Glühwürmchens hervorbrachten. Waren Batterien vorhanden und alles o.k., versagte die kleine, winzige Birne oder zeigte sich sonstwie ein Wackelkontakt.

Die Variationsbreite der Mängel war unerschöpflich, und deshalb stand ich wohl ohne da.

Aber siehe, welch Wunder, hatten sich meine Augen, über meine Taschenlampengrübelei hinweg, an das Dunkel gewöhnt. Ich konnte die Umrisse der Häuser und Bäume erkennen und dann entdeckte ich das glitzernde Firmament über mir.

Ein Stern leuchtete ganz besonders hell, bewegte sich, blinkte, kam auf mich zu...!

Es war kein Stern, nur ein Flugzeug, das ganz hoch oben, zielstrebig, vielleicht noch nach Süden wollte.

Plötzlich ein heller Schein in weitem Bogen herabfallend: Eine Sternschnuppe - und das mitten im Winter! In diesem Augenblick fühlte ich mich reich beschenkt wie das Mädchen im Märchen „Sterntaler".

Nun konnte ich mich an dem Geglitzer nicht mehr satt sehen, die Milchstraße, der große Wagen glasklar, derart nah war mir der Himmel selten. Je länger ich zu diesem Firmament aufschaute, um so kleiner erschien mir die Erde. Wie ein Sandkorn kam sie mir vor, und der Staub auf diesem Sandkorn waren wir...

Trotz meiner philosophischen Pause kam ich gut nach Hause. Habe noch mal kurz den Fernseher eingeschaltet, grad die Nachrichten erwischt und gestaunt, welch ein irrer Lärm doch, gemessen an der Stille des Universums, auf diesem Sandkorn herrschte.

Erinnerungen ...

In manchen Familien klappt es schon seit Generationen, da wird am Ende der Weihnachtszeit der gesamte Christbaumschmuck sorgfältig vom Baum genommen und liebevoll in zartes, etwas brüchig gewordenes Seidenpapier gewickelt. Anschließend wird jedes Stück wieder in die längst vergilbten Kartons zurückgelegt.

„Nee, wie schnell ist das Fest wieder herumgegangen", wird dabei vielleicht geseufzt, und eins, zwei, drei fix landet der gesamte Kram auf dem Speicher.

Ein ganzes Jahr hat er dort seine Ruhe, um dann, zur entsprechenden Zeit, wieder hervorgeholt zu werden. Ein scheinbar nie endender Kreislauf, vorausgesetzt, Großvater, Vater oder die Enkelkinder kippen nicht mit dem Baum um. Aber das passiert halt in solchen Familien nicht. Es werden sogar jedes Jahr bei gewissen Ritualen exakt die gleichen Worte gesprochen.

So kam meine Mutter beispielsweise jedes Jahr genau in dem Augenblick, wenn sie die glitzernde Christbaumspitze mit einem Stern obenauf feierlich über die Spitze des Baumes stülpte, immer schrecklich ins Träumen:

„Unser Zuhause war nicht gerade von Reichtümern gesegnet", berichtete sie dann, „aber zu Weihnachten wurde an nichts gespart. Heiligabend gab es einen großen Gänsebraten, und Vater suchte auf dem Markt den schönsten Baum aus. Alle Kinder wurden neu eingekleidet, eine beträchtliche Leistung, denn wir waren sieben Kinder.

Drei Jungen und vier Mädchen.

Das ganze Haus schien in geheimnisvolle Düfte gehüllt, die Luft um uns herum knisterte vor Spannung. Alle fieberten nur dem einen einzigen Augenblick entgegen, wenn

Vater mit einer kleinen Glocke bimmelte und:
'Ihr dürft hineinkommen', rief.
Mutter öffnete dann feierlich die Wohnzimmertüre, und wir wagten kaum einen Schritt vor den anderen zu setzen.
Dieser Stern hier, den ich jetzt in der Hand halte, funkelte dann wie tausend Lichter.
Meine Brüder Fritz, Max und Kurt spielten immer ziemlich schief auf ihren Flöten, während wir Mädchen mit engelsgleichen Stimmchen Weihnachtslieder sangen“
Wenn meine Mutter so mit ihrem Stern in der Hand von ihrer Kindheit träumte, tauchte ich mit in jene glückliche Zeit ein. Ganz zaghaft berührte ich den Stern, als wollte ich ein Stück von der wundervollen Vergangenheit mit in meine Gegenwart hinüberziehen.
Heutzutage kann ich solche Stimmungen kaum noch in mir heraufbeschwören, und das liegt nicht daran, daß dieser Stern bei irgendeinem Umzug in tausend Scherben zersprang.
Ich glaube, es liegt daran, daß unsere „Festtage“ von verkaufsoffenen Sonnabenden, einem Super-Weihnachtsfernsehprogramm und Bastelmärkten an allen Ecken geprägt sind.
Mit anderen Worten: Trubel, Trabbel, Weihnachtszirkus!
Vielleicht liegt es auch daran, daß unsere Babys zwar, im Gegensatz zum Christuskind, welches nur in ein paar kümmerliche Lappen gewickelt war, in duftigen Pampers liegen, sich aber sonst rein menschlich nichts geändert hat.
Denn das Wort „Frieden“ ist zum Fest der Liebe auch nach fast 2000 Jahren für manche immer noch ein Fremdwort geblieben.
Deshalb wünsche ich mir nichts als Frieden, vielleicht gelingt es mir dann wieder zu träumen, wie in meinen Kindertagen.

Die blaue Stunde

Insbesondere zu der Jahreszeit wenn die Schneegänse laut kreischend in einzigartigen Formationen gen Süden ziehen, gibt es sie wieder, die kuscheligen Schummerstündchen, bei einer Tasse Tee und Kerzenlicht. Vielleicht werden dabei sogar die ersten selbstgebackenen Kekse geknabbert, denn Rezepte dazu flattern einem ja genügend ins Haus.

Manchmal denke ich, daß Weihnachten vielleicht nur für die fanatischen „Keksbäcker" eingerichtet wurde.

Aber zurück zum Schummerstündchen, das für manchen natürlich auch zur blauen Stunde wird.

Denn welch ein Genuß kann eine Zigarette besonders zu solch einem Zeitpunkt sein!

Man steckt sie an, zieht genußvoll den Rauch tief ein und läßt ihn erst einmal kurze Zeit in den Lungenflügeln beben. Da sich zum Leidwesen aller Nichtraucher solch ein verpestetes Luftgemisch allerdings nicht im großen Zeh speichern läßt, stößt so ein Raucher diese große nikotingeschwängerte Wolke wieder aus. Blaue Schwaden erfüllen den Raum, nehmen den Atem und rundum ringt man verzweifelt nach Luft.

Genau das ist der Augenblick, wo unschuldige Tischnachbarn im wahrsten Sinne des Wortes vergewaltigt werden, denn ob die es wollen oder nicht, sitzen sie plötzlich im „Malboro-Camel-Nebel".

Selbst wenn diese Opfer durch diskretes Hüsteln oder Reiben der rotgeweinten Augen ihre Not signalisieren, pusten die Räucherlinge oft unerschütterlich weiter.

Dabei würde man ein Pfeifchen, gemütlich nach dem Essen, sicherlich verkraften. Doch was ein richtiger Nikotiniker ist, der muß ja gleich einen Stengel nach dem anderen vernichten.

Kaum wurde eine Kippe kraftvoll zerknickt und ausgedrückt, wird sehr bald schon mit zitternden Fingern nach dem nächsten „Sargnagel“ gegriffen. Mancher vernascht auf diese Weise täglich mehrere Packungen.

Vielleicht deshalb habe ich neulich ein striktes Rauchverbot in meinem Haus erlassen, aber auch wieder aufgehoben, denn ich bekam ständig kalte Füße.

Kein Wunder, wenn dauernd die Balkontür offen steht und mindestens die Hälfte der Besucher zitternd vor Kälte auf dem Balkon rumpustet. Gemütlichkeit kommt da keine auf, wenn sich eine Party in zwei Lager teilt.

Oder spielen sie mal mit Leuten Romme‘, wenn ständig einer unruhig auf dem Sessel rumrutscht und schließlich vor die Haustür huscht, um schnell eine zu paffen. Der Spielablauf stockt, die Karten purzeln durcheinander, am Ende weiß niemand mehr, wer eigentlich dran ist.

Deshalb habe ich dies leidige Verbot schnellstens wieder aufgehoben. Erstaunlicherweise werde ich seitdem respektiert, denn nun werde ich ständig gefragt:

„Darf ich rauchen?“

Huldvoll wie die englische Königin nicke ich dann, und große Freude kommt im „Volke“ auf. Doch da sich bekanntlich jedes Rauchfähnchen permanent in Richtung Nichtraucher kringelt, heißt es für mich, ganz schön die Zähne aufeinanderzubeißen, wenn ich diese qualmenden Freunde nicht verlieren möchte.

Am schlimmsten gestaltet sich der Tag danach, wenn versäumt wurde, den stinkenden Aschenbecher auszuleeren. Mit angehaltenem Atem schubst man die Asche in den Müll und atmet auf, wenn sich der Deckel schließt.

In Zukunft sollen ja die Nichtraucher per Gesetz gegen diese “Umweltverschmutzung“ geschützt werden. Also ich persönlich setze meine ganze Hoffnung auf den Staat!

Ordnung, Ordnung über alles...

„Ordnung ist das halbe Leben."
Sagt eine alte Lebensweisheit.
Und es empfiehlt sich, sie zu halten!
Denn sonst verbringt man das gesamte Leben mit der verflixten Sucherei.
Aber Rauchen, Trinken und zu gutes Essen sollen ja auch recht schädlich sein, trotzdem würzen sie das Leben für den Augenblick des Tuns.
Wie langweilig verliefe da unser Alltag, wenn nix verbummelt würde.
Fix und fertig angezogen steht beispielsweise die gesamte Familie in der Tür, denn sämtliche Mützen, Hüte, Schals und Handschuhe lagen merkwürdigerweise an ihrem Platz!
Es ist Heiligabend, selbstverständlich auf dem sogenannten letzten Drücker, denn die Glocken der Kirche klingen leise aus der Ferne herüber, da ein Schrei:
„Wo sind die Autoschlüssel?"
„Guck richtig hin, die haben eben noch am Schlüsselbrett gehangen!"
„Da sind sie nicht!"
Das ist meist der Augenblick, wo ein gesamter Familienverband in hektische Bewegung gerät und sich „Zeugenaussagen" in wilden Widersprüchen aneinanderreihen.
„Ich habe sie im Wohnzimmer auf dem Tisch gesehen, ganz friedlich haben sie da gelegen!"
„Stimmt nicht, im Korridor in der kleinen Schale!"
„Oder war es doch im Arbeitszimmer auf dem Schreibtisch?"

„Also ich meine die sind im Einkausfskorb von gestern!"
„Ach Quatsch, ich habe alles ausgepackt und sie ans Schlüsselbrett gehängt, hier guck, der Korb ist leer!"
„Vielleicht hast du sie beim Auspacken aus Versehen mit in den Kühlschrank gelegt?!"
„Also ich bin ja nicht total vertrottelt!"
In diesem Stadium der Suchaktion beginnt das allgemeine Familienklima bannig zu knistern.
Wenn man auch sonst das ganze Jahr weniger das Verlangen spürte, in die Kirche zu gehen, Heiligabend freut man sich sogar darauf, vonwegen der feierlichen Stimmung und überhaupt weil wenigstens an diesem Tag Friede in einer Familie herrschen sollte.
Und nun das!
In solcher Situation helfen nur heiße Gebete, daß sich dieser Schlüssel endlich findet.
Denn in dem Augenblick, wo eines der Familienmitglieder Schal und Mütze wirft:
„Also ich wollte sowieso lieber daheim bleiben", könnte das gesamte Programm abrupt kippen.
Wenn sich die Frage:
„Wo ist eigentlich der Ersatzschlüssel?" mit
„Der ist doch schon seit Wochen weg!" erledigt, ist es höchste Zeit noch einmal fieberhaft in allen möglichen und unmöglichen Ecken zu stöbern!
Das Kommando:
„Ganz ruhig, Kinder. Fünf Minuten haben wir noch",
stärkt und kräftig das Team ungemein. Ermahnungen und Beschwörungen wie:
„Warum wird in diesem Hause keine Ordnung gehalten",
oder Beschimpfungen
„warum bin ich mit einer so liederlichen Familie gestraft, es ist zum Kotzen", schwächen nur und tragen nicht zur Festtagsstimmung bei.
Der erlösende Ruf: „Ich habe ihn!" wird allgemein als eine

Art Bescherung empfunden, man atmet auf, der Abend ist gerettet!
Und wenn schließlich alle dicht gedrängt nebeneinander auf der Kirchenbank sitzen, die Lichtlein blitzen, dann empfinden alle dieses Erlebnis als doppeltes Geschenk.
Und voller Inbrunst wird
„Oh du fröhliche, oh du selige, gnadenbringende Weihnachtszeit...!“ gesungen.

„Versprochen, ab morgen..!“

Hui, wie schossen sie in den Himmel, weiter, höher und leuchtender als jede Rakete, die guten neuen Vorsätze fürs kommende Jahr!
Immer dann, wenn sich so ein jungfräulicher Zeitabschnitt vor die Füße legt, wird Stein und Bein geschworen, daß sich alter eingefahrener Trott ändert.
Allein mit den voluminösen Schwüren der Raucher, die versprechen, in den heiligen Stand der Nichtraucher zu treten, könnte man ganze Straßen pflastern.
Ganz zu schweigen von den Scharen dicklicher Leute, die Stapel von Diätplänen in der Sylvesternacht anschleppen und plötzlich in aller Herrgottsfrühe schweißtriefend um den Häuserblock flitzen. Sie treibt die Hoffnung, Ostern als schlanke Hasen zu begrüßen.
Die Liederjane gelobten, Ordnung zu halten, die Zuspätkommer von nun an immer pünktlich zu sein. Die Schussel wollten sich alles notieren und die Gleichgültigen von nun an rücksichtsvoller mit ihren Mitmenschen umgehen.

Töchter beabsichtigten, Mütter nicht immer negativ zu sehen. Ehemänner schwörten Charme und Liebe, manche Ehefrau übrigens auch.
Der Grund dieser Schwüre liegt meist in verpaßten Gelegenheiten der letzten Monate. Beim Anblick der vielen bunten Lichter am Himmel und der meist geistig belebenden Getränke, wird manchem dies alles gerade in jenem Moment des Jahreswechsels glasklar.
In Anbetracht der Tatsache, daß eine schrecklich lange Zeit sich da vor uns ausbreitet, sieht eben mancher den Moment gekommen, sein Leben drastisch zu ändern. Während dieser Jemand leicht versonnen am Sektglas nippt, ist er fest davon überzeugt, dies sei nur ein winziger Schritt für eine große Sache. Schließlich bedeutet ja weniger zu rauchen und zu essen auch noch eine große Ersparnis. Und wer nett und freundlich ist, muß nicht dauernd Blumen kaufen, um sich zu entschuldigen.
Aber wenn es um liebgewonnene Gewohnheiten geht, treten finanzielle Aspekte weit in den Hintergrund. Wer sich bereits am Neujahrsmorgen auf die berühmte Schiene: „Ab morgen!“ einläßt, hat schon verloren.
Also Gabi raucht immer noch und zehn Tage des Jahres sind schon vergangen. Elfi hat gestern beim Geburtstag wie immer vier Stückchen Kuchen verputzt.
Mein Schreibtisch ist immer noch ein Chaos. Gleich in der ersten Woche bin ich zu spät gekommen. Außerdem habe ich glatt meinen Zahnarzttermin verpaßt, weil ich vergaß, ihn aufzuschreiben.
Nun was soll da werden, das Jahr ist so gut wie rum! Es wird viel Kraft kosten etwas zu ändern.
Trotzdem... Eine gute Zeit!

Name ______________________________

Straße ______________________________

Wohnort ______________________________

Hiermit bestelle ich (jeder Titel 16,80 DM)

____ »Tor zum Paradies« (Gedichte)
______ DM

____ »Was macht der Sand am Strand«
______ DM

____ »Mittendrin und doch daneben«
______ DM

____ »Im Po Sand«
______ DM

____ »Schmetterlinge im Dezember« (Gedichte)
______ DM

____ »Gänseblümchen haben kleine Flügel«
______ DM

____ »Ein Flügelschlag Gedanken« (Gedichte)
______ DM

____ »Möwenklecks und Muschelkuß«
______ DM

____ »Gestreift, getupft und dreimal schwarzer Kater«
______ DM

____ »Brigittes Landleben«
______ DM

____ »Ein Hauch Freudentränen« (Gedichte)
______ DM

____ »Plausch am Zaun«
______ DM

Porto und Verpackung 3,00 DM

Gesamtsumme ______ DM

☐ bar anbei ☐ Scheck anbei

☐ Überweisung (Durchschrift mit Bankstempel anbei)

Sparkasse Marburg-Biedenkopf (BLZ 533 500 00), Kto. 11 60 155 201

Verlag B. Koischwitz · Am Hanig 15 · 35075 Gladenbach